Der Mann aus Zucker

ECON Unterhaltung

In den vergangenen Jahrhunderten haben Frauen in der Welt ihren angestammten Platz gehabt – der ihnen von den Männern zugewiesen war. Frauen waren Ehefrau und Mutter. Ihre Macht beschränkte sich allenfalls auf die Küche und auf Fragen der Erziehung. Doch manchmal wurde auch diese festgefügte Welt gleichsam vom Kopf auf die Füße gestellt. Svende Merian hat den Märchen nachgespürt, in denen Frauen eine andere als die angestammte Rolle zufiel. In ihrer Sammlung haben kluge Frauen und schöne Männer ihren Platz. Da sind Frauen mehr als verheiratete Wesen oder böse Stiefmütter und vermögen es, ihren ganz besonderen Zauber zu weben.

Svende Merian, 1955 in Hamburg geboren, ist durch ihren Bestseller »Der Tod des Märchenprinzen« bekannt geworden. Dieses Buch stellte das Credo der Frauenbewegung dar und hat viele Nachahmer gefunden.
Svende Merian hat neben ihrer Arbeit als Schriftstellerin auch einige Anthologien herausgegeben. Sie lebt in Hamburg.

SVENDE MERIAN (HRSG.)

DER MANN AUS ZUCKER

MÄRCHEN FÜR FRAUEN UND ANDERE MENSCHEN

Mit Illustrationen von Ludwig Richter

ECON TASCHENBUCH VERLAG

Veröffentlicht im ECON Taschenbuch Verlag
Der ECON Taschenbuch Verlag ist ein Unternehmen der
ECON & List Verlagsgesellschaft
Originalausgabe
© 1997 by ECON Verlag GmbH, Düsseldorf und München
Auswahl der Illustrationen: Svende Merian
Umschlaggestaltung: Theodor Bayer-Eynck, Coesfeld
Druck und Bindearbeiten: Ebner Ulm
Printed in Germany
ISBN 3-612-27325-6

INHALT

Lieb' und Leid teilen

Es war einmal ein Schneider, der war ein zänkischer Mensch, und seine Frau, die gut, fleißig und fromm war, konnte es ihm niemals recht machen. Was sie tat, er war unzufrieden, brummte, schalt, raufte und schlug sie. Als die Obrigkeit endlich davon hörte, ließ sie ihn vorfordern und ins Gefängnis setzen, damit er sich bessern sollte. Er saß eine Zeitlang bei Wasser und Brot, dann wurde er wieder freigelassen, mußte aber geloben, seine Frau nicht mehr zu schlagen, sondern friedlich mit ihr zu leben, Lieb' und Leid zu teilen, wie sich's unter Eheleuten gebührt. Eine Zeitlang ging es gut, dann aber geriet er wieder in seine alte Weise, war mürrisch und zänkisch. Und weil er sie nicht schlagen durfte, wollte er sie bei den Haaren packen und raufen. Die Frau entwischte ihm und sprang auf den Hof hinaus, er lief aber mit der Elle und Schere hinter ihr her, jagte sie herum und warf ihr die Elle und Schere, und was ihm sonst zur Hand war, nach. Wenn er sie traf, so lachte er, und wenn er sie fehlte, so tobte und wetterte er. Er trieb es so lange, bis die Nachbarn der Frau zur Hilfe kamen. Der Schneider ward wieder vor die Obrigkeit gerufen und an sein Versprechen erinnert. »Liebe Herren«, antwortete er, »ich habe gehalten, was ich gelobt habe, ich habe sie nicht geschlagen, sondern Lieb' und Leid mit ihr geteilt.« – »Wie kann das sein«, sprach der Richter, »da sie abermals so große Klage über Euch führt?« – »Ich habe sie nicht geschlagen, sondern ihr nur, weil sie so wunderlich aussah, die Haare mit der Hand kämmen wollen: sie ist mir aber entwichen und hat mich böslich verlassen. Da bin ich ihr nachgeeilt und habe, damit sie zu ihrer Pflicht zurückkehre, als eine gutgemeinte Erinnerung nachgeworfen, was mir eben zur Hand war. Ich hab auch Lieb' und Leid mit ihr geteilt; denn sooft ich sie getroffen habe, ist es mir lieb gewesen und ihr leid: habe ich sie aber gefehlt, so ist es ihr

lieb gewesen, mir aber leid.« Die Richter waren mit dieser Antwort nicht zufrieden, sondern ließen ihm seinen verdienten Lohn auszahlen.

Das klagende Lied

Es war einmal ein König, der starb und hinterließ seine Frau, die Königin, und zwei Kinder, einen Sohn und eine Tochter. Die Tochter war aber ein Jahr älter als der Sohn. Und eines Tages stritten die beiden Königskinder miteinander, welches von ihnen beiden König werden sollte, denn der Bruder sagte: »Ich bin ein Prinz, und wenn Prinzen da sind, kommen die Prinzessinnen nicht zur Regierung«; die Tochter aber sprach dagegen: »Ich bin die erstgeborene und älteste, *mir* gebührt der Vorrang.« Beides, was die Kinder da sagten, sagten sie in aller Unschuld und hatten die Worte nur so aufgeschnappt von dem Hofgesinde, ohne den Sinn so recht eigentlich zu verstehen. Da sie nun über ihren Streit nicht einig wurden, so gingen sie miteinander zur Mutter und fragten diese: »Sage, liebe Mutter, welches von uns beiden wird dereinst König werden?« – Diese Frage betrübte die Mutter, denn es blickte der Keim der Herrschsucht durch dieselbe, die nicht wurzeln soll im Gemüte eines Kindes, und sie antwortete: »Liebe Kinder! Seht einmal hier das schöne Blümlein recht genau an, und dann gehet in den Wald und suchet. Wer von euch beiden dieses Blümchen *zuerst* findet, der wird dereinst König werden.« – Die Kinder sahen sich voll Aufmerksamkeit das Blümchen an; sein Stengel war gestaltet wie ein Szepterlein, und endete in eine halbaufgeschlossene Lilie. Und die Kinder gingen ganz harmlos zusammen in den Wald, und begannen zu suchen, und wie sie so suchten, so kamen sie bald auseinander, daß eins das andere aus den Augen verlor. – Und da fand die kleine Prinzessin zuerst das Blümchen, und freute sich darüber und sah sich nach dem Bruder um, der war aber nicht da. Und da dachte das Kind: er wird wohl bald kommen, ich will hier auf ihn warten, und legte sich auf den weichen Rasen in den kühlen Baumschatten, und es war so still im Walde, Käfer und Bienen summten bloß, und eine nahe Quelle murmelte leise, und der Himmel blickte tiefblau durch die grünen Baumwipfel herab auf den grünen Waldesrasen. Die kleine Prinzessin

9

hatte ihr Blümchen in die Hand genommen, und weil es so still und sie ein wenig müde war, so entschlummerte sie in Gottes Namen.

Es dauerte nur eine kleine Weile, so kam der Bruder an die Waldstelle, wo seine Schwester schlief; er hatte aber das Blümchen, welches er suchte, nicht gefunden; und da sah er die Schwester am Boden liegen, süß schlummernd, und die hatte das Blümchen in ihrer Hand.

Da stiegen in des Prinzen Seele schwarze Gedanken auf, und Schreckliches kam ihm in den Sinn.

Ich muß König werden, *ich*! dachte er, und die Schwester soll es nicht werden! Lieber will ich sie töten, und will die Blume nehmen und damit heim gehen, und dann werde *ich* König.

Ach, da hieß es recht: gedacht und getan. Der Prinz ermordete sein unschuldiges Schwesterlein im Schlafe und verscharrte es im Walde, und deckte Erde darauf und Rasen auf die Erde, und kein Mensch erfuhr etwas von dieser bösen Tat, denn wie der Prinz nach Hause kam, so sagte er, seine Schwester sei im Walde von ihm hinweg und ihren eigenen Weg gegangen. Wie er die Blume gefunden gehabt, habe er den Rückweg nach Hause angetreten und geglaubt, sie sei auch schon nach Hause.

Und da sind viele Jahre hingegangen und die alte Königin hat fort und fort getrauert über die verlorene Tochter, die sie im ganzen Walde fruchtlos suchen ließ, und hat sich den Tod gewünscht, weil sie selbst die geliebte Tochter fortgeschickt hatte, und als ihr Sohn nun die Jahre seiner Mündigkeit erreicht hatte, so ward *er* König.

Und nach manchem manchem Jahre kam ein Hirtenknabe in jenen Wald, der hütete dort seine Herde, und stocherte zum Zeitvertreib und aus langer Weile mit seiner Schippe in dem Rasen herum, wie die Hirten öfter tun, die manchesmal Herzen und Namen und Kreuze in den grünen Rasen graben, und da grub er von ohngefähr ein Totenbeinlein aus von der getöteten Prinzessin, das war so rein und weiß wie Schnee. Und der Hirtenknabe machte ein paar Löchlein in das Beinlein, so

wurde daraus eine kleine Flöte, und diese setzte der Hirtenknabe an seine Lippen und blies. Da quollen klagende Töne aus
dem Totenbeine, ach, so unendlich traurig, und es war ordentlich, als singe in demselben eine weinerliche Kindesstimme,
daß der Hirtenknabe selbst weinen mußte, und konnte doch
nicht aufhören zu blasen. Es lautete aber das klagende Lied
also:

> »O Hirte mein, o Hirte mein,
> Du flötest auf meinem Totenbein!
> Mein Bruder erschlug mich im Haine.
> Nahm aus meiner Hand
> Die Blum, die ich fand,
> Und sagte, sie sei die seine.
> Er schlug mich im Schlaf, er schlug mich so hart –
> Hat ein Grab gewühlt, hat mich hier verscharrt –
> Mein Bruder – in jungen Tagen.

Nun durch deinen Mund
Soll es werden kund,
Will es Gott und Menschen klagen.«

Und immer war nur das eine und immer das eine Lied aus der beinernen Flöte zu bringen, und immer blies es der junge Hirte wieder, während ihm jedesmal die hellen Tränen über die Wangen herabrollten.

Wenn das klagende Lied im Walde erklang, da wurden alle Vögelein stumm und traurig, hingen Köpflein und Flügel und schwiegen; auch die Käfer und Bienen summten nicht mehr, und selbst das Murmeln der plätschernden, geschwätzigen Quelle war nicht mehr zu hören – es wurde so recht, was man sagt: totenstill.

Schallte das klagende Lied über eine Trift, so hingen die Tiere der Weide wehmütig die Häupter, und keines gab einen Laut; auch der Hund bellte nicht mehr und sprang nicht, wie sonst, fröhlich umher, vielmehr duckte er sich und winselte ganz leise, denn es war für alle Kreatur etwas Herzzerschneidendes in dem klagenden Liede. Aber der Hirtenknabe konnte nicht müde werden, dieses Lied zu flöten, bis einst ein Rittersmann am Hag vorüberkam, der hörte auch das Lied und fühlte, daß seine Augen tropften, und hielt, und ließ nicht nach, bis der Hirtenknabe ihm, dem Ritter, die kleine Flöte käuflich abtrat. Und nun zog der Ritter im ganzen Lande herum, und blies das Lied, und brachte mit demselben alle Welt zu Tränen.

So kam dieser auch an den Hof, wo der junge König auf dem Throne saß, von dem das Lied sang und klagte, und die alte Königinmutter lebte auch noch, und es wurde ihr Kunde gebracht von dem ritterlichen Spielmanne, der ein Lied flöte, von dessen Melodei alle Herzen erzitterten und alle Seelen mit tiefer Trauer erfüllt würden.

Die alte Königin aber, die stets traurig war, sprach: »Was könnte es in der Welt geben, das trauriger wäre, als *meine* Trauer? Ich wüßte nichts, mich wird das klagende Lied des Spielmannes nicht trauriger machen, als ich ohnehin bin. Lasset ihn immerhin kommen.« –

Der ritterliche Spielmann kam und blies:

>>O Ritter mein, o Ritter mein,
Du flötest auf meinem Totenbein!
Mein Bruder erschlug mich im Haine.<<

Kaum hatte die alte Königin diese wenigen Worte vernommen, so schoß schon ein Tränenstrom aus ihren Augen – aber als es weiter tönte:

>>Nahm aus meiner Hand
Die Blum, die ich fand
Und sprach, sie wäre die seine<< –

da stieß die Königin einen gellenden Schrei aus und fiel in eine tiefe Ohnmacht. Der Spielmann erschrak darüber und wollte absetzen, aber das konnte er nicht – das Lied wollte jedesmal, wenn es begonnen war, zu Ende gespielt sein – und als der letzte Ton mit tiefer Klage verzitterte, da erwachte die Königin aus ihrer Ohnmacht und rief: >>Mir, *mir* die Flöte! Um alle meine Schätze – *mir* diese Flöte!<<

Und der ritterliche Spielmann ließ der Königin die beinerne Flöte und sagte, er begehre keine Schätze – und nahm nichts an und zog weiter.

Und die Königin schloß sich ganz allein in ihre tiefsten Gemächer und blies das Lied und weinte so lange, bis sie fast keine Tränen mehr hatte.

Der König aber war ein lebenslustiger froher Herr geworden, der hatte seine Freude an Sang und Klang, und feierte gern heitere Feste, und freute sich seines Lebens. Einst geschah es, daß er auch ein Fest zu feiern beschlossen hatte, und waren zahlreiche Sänger und Spielleute bestellt, und zahlreiche Gäste eingeladen worden. Der Sitte gemäß, hatte der junge König nie unterlassen, seine Mutter auch jedesmal einzuladen zu seinen Festen, aber sie hatte niemals teilgenommen, weil sie, wie sie dem Sohne dankend sagen ließ, zu viele Trauer im Herzen habe. Als aber diesesmal die Einladung wiederum an sie gelangte, da ließ sie sagen, sie werde teilnehmen. Dies wunderte den König und befremdete ihn, und er wußte nicht, ob er sich darüber freuen sollte.

Da nun alle Gäste in bunter Pracht versammelt waren, und alle Sänger und Spielleute bereit, und der Hof eintrat in den herrlich geschmückten Königssaal, darin das Fest stattfand, so erregte es fast eine bange Verwunderung, die alte Königin zu sehen in langem schleppenden, schwarzen Trauergewande und im Witwenschleier – der Jubel der Instrumente, der Harfen und Pauken, Flöten und Cymbeln aber brach los, und die Chöre der Sänger begannen in erhabenen Weisen eine Hymne zum Preise des Königs.

Was aber tut die alte Königin? Sie setzt sich nicht, sie steht starr, wie ein Marmorbild. Was hält sie denn für ein seltsames kleines Szepter in der Hand? Das ist ja kein Szepter, das ist ein Totenbein. Und warum hebt sie denn dies Totenbein zum Munde? Warum hält sie es so, wie Spielleute ihre Flöten halten?

Horch! Ein Ton – und es verstummen alle Pauken und Harfen und Cymbeln – noch ein Ton, und jeder Sängermund wird stumm.

Dort aber sitzt der König, und blickt entsetzt, von ungeheuerem Grauen durchrieselt, auf seine Mutter, und alle, alle blicken auf die alte Königin.

Die alte Königin spielt ein Flötensolo.

> »O Mutter mein, o Mutter mein –
> Du flötest auf meinem Totenbein!«

Da erbeben, erzittern schon alle Herzen, da bleibt schon kein Auge trocken, Hofstaat und Gäste, Sänger und Spielleute, alle weinen.

> »Mein Bruder erschlug mich im Haine.« –

»Ha!« schreit der König, und das Szepter entsinkt seiner Hand, und er faßt mit beiden Händen nach seiner Krone.

> »Nahm aus meiner Hand
> Die Blum, die ich fand,
> Und sagte, es sei die seine.«

Da rollte die Krone von des Königs Haupte herab, fiel auf den Marmorboden und zerschellte. Es klang, als ob ein Totenschädel auf dem Marmor rasselte.

»Er schlug mich im Schlaf – er schlug mich so hart –

Hat ein Grab gewühlt, mich im Walde verscharrt –«

Da stürzte der König selbst vom Throne herab, und fiel auf sein Angesicht und stöhnte und wimmerte.

»Mein Bruder – in jungen Tagen.«

Der König wand sich in Todeszuckungen und bäumte sich – und schrie: »Ende! Mutter – Ende!«

Aber die alte Königin konnte nicht von selbst das klagende Lied beendigen, es tönte fort:

»Nun durch deinen Mund

Soll es werden kund,

Will es Gott und Menschen klagen.«

Da flohen, während diese Worte entsetzlich und zermalmend, und doch gar nicht laut, vernommen wurden, alle Gäste, Spielleute, Sänger und Hofdienerschaft zu allen Türen des Saales hinaus – darüber Instrumente und Sessel viele zerbrachen, und die Kerzen löschten aus, bis auf zwei – und als das Lied zu Ende geklungen war, war niemand mehr im weiten Saale, als nur die alte Königin im Trauergewande, und ihr sterbender Sohn in seinem bunten Flitterstaate, reich besetzt mit Gold und Perlen. Und sie kniete neben dem noch immer am Boden liegenden Sohne nieder, und hielt sein Haupt in ihren Händen, und weinte heiße Tränen darauf. Da löschte langsam die eine der beiden noch brennenden Kerzen aus.

Die alte Königin aber weinte und betete noch bis Mitternacht – dann verlöschte sie selbst die letzte Kerze und zerbrach die Flöte, auf daß niemand mehr das klagende Lied vernehme.

Die kleine Seejungfrau

Weit draußen im Meere ist das Wasser so blau wie die Blätter der schönsten Kornblume und so klar wie das reinste Glas. Aber es ist sehr tief, tiefer, als irgendein Ankertau reicht. Viele Kirchtürme müßten aufeinandergestellt werden, um vom

Grunde bis über das Wasser zu reichen. Dort unten wohnt das Meervolk.

Nun muß man aber nicht glauben, daß da nur der nackte weiße Sandboden sei, nein, da wachsen die sonderbarsten Bäume und Pflanzen, die so geschmeidig in Stiel und Blättern sind, daß sie sich bei der geringsten Bewegung des Wassers rühren, gerade als ob sie lebten. Alle Fische, kleine und große, schlüpfen zwischen den Zweigen hindurch, ebenso wie hier oben in der Luft die Vögel. An der allertiefsten Stelle liegt des Meerkönigs Schloß. Die Mauern sind aus Korallen und die langen spitzen Fenster aus allerklarstem Bernstein, aber das Dach ist aus Muschelschalen, die sich öffnen und schließen, je nachdem das Wasser strömt. Es sieht herrlich aus, denn in jeder liegen strahlende Perlen, eine winzige davon würde in der Krone einer Königin ein großer Schmuck sein.

Der Meerkönig dort unten war seit vielen Jahren Witwer, und seine alte Mutter führte ihm den Haushalt. Sie war eine kluge Frau, aber stolz auf ihren Adel, deshalb trug sie zwölf Austern auf dem Schwanze, die anderen Vornehmen durften nur sechs tragen. Sonst verdiente sie großes Lob, besonders weil sie die kleinen Meerprinzessinnen, ihre Enkelinnen, sehr liebhatte. Es waren sechs schöne Kinder, aber die Jüngste war die Schönste von allen. Ihre Haut war so rein und fein wie ein Rosenblatt, ihre Augen so blau wie die tiefste See, aber ebenso wie alle anderen hatte sie keine Füße; der Körper endete in einen Fischschwanz.

Den ganzen Tag konnten sie unten im Schlosse spielen, in den großen Sälen, wo lebendige Blumen aus den Wänden hervorwuchsen. Die großen Bernsteinfenster wurden geöffnet, und dann schwammen die Fische zu ihnen herein, ebenso wie bei uns die Schwalben hereinfliegen, wenn wir öffnen; doch die Fische schwammen gerade zu den kleinen Prinzessinnen hin, fraßen aus ihren Händen und ließen sich streicheln.

Draußen vor dem Schlosse war ein großer Garten mit feuerroten und dunkelblauen Bäumen. Die Früchte strahlten wie Gold und die Blumen wie brennendes Feuer, da sie immerzu Stiel und Blätter bewegten. Die Erde selbst war der feinste Sand, aber blau wie die Schwefelflamme. Über dem Ganzen dort unten lag ein eigentümlicher, blauer Schimmer; man hätte eher glauben mögen, daß man hoch oben in der Luft stehe und nur Himmel über und unter sich sehe, als daß man auf dem Grunde des Meeres sei. Während der Windstille konnte man die Sonne erblicken, sie erschien wie eine Purpurblume, deren Kelch alles Licht ausströmte.

Jede der kleinen Prinzessinnen hatte ihren kleinen Fleck im Garten, wo sie graben und pflanzen konnte, wie es ihr gefiel. Die eine gab ihrem Blumenfleck die Gestalt eines Walfisches, einer anderen gefiel es besser, daß der ihrige einem kleinen Meerweibchen gliche; aber die Jüngste machte den ihrigen so rund wie die Sonne und hatte Blumen, die rot wie diese schienen. Sie war ein seltsames Kind, still und versonnen, und wenn die anderen Schwestern sich mit den wunderlichsten Sachen schmückten, die sie von gestrandeten Schiffen bekommen hatten, wollte sie außer den rosenroten Blumen, die der

17

Sonne dort oben glichen, nur eine hübsche Marmorstatue
haben. Das war ein schöner Knabe, aus weißem klarem Stein
gehauen, der beim Stranden auf den Meeresgrund gekommen
war. Sie pflanzte bei der Statue eine rosenrote Trauerweide;
die wuchs herrlich und hing mit ihren frischen Zweigen darüber
gegen den blauen Sandboden hinunter, wo der Schatten sich
violett zeigte und wie die Zweige in Bewegung war. Es sah aus,
als ob die Spitze und die Wurzeln miteinander spielten, als
wollten sie sich küssen.
Es gab keine größere Freude für sie, als von der Menschenwelt
dort oben zu hören. Die alte Großmutter mußte alles erzählen,
was sie von Schiffen und Städten, Menschen und Tieren wußte.
Am wunderbarsten erschien es ihr, daß oben auf der Erde die
Blumen dufteten, denn das taten sie auf dem Meeresgrunde
nicht, und daß die Wälder grün seien, und daß die Fische, die
man dort zwischen den Bäumen sah, so laut und herrlich singen
könnten, daß es eine Lust sei. Es waren die kleinen Vögel, die
die Großmutter Fische nannte, denn sonst konnten sie sie nicht
verstehen, da sie noch keinen Vogel gesehen hatten.
»Wenn ihr euer fünfzehntes Jahr vollendet habt«, sagte die
Großmutter, »dann sollt ihr die Erlaubnis bekommen, aus dem
Meere emporzutauchen, im Mondschein auf den Klippen zu
sitzen und die großen Schiffe zu sehen, die vorbeisegeln.
Wälder und Städte werdet ihr dann erblicken!« Im kommenden
Jahr wurde die eine der Schwestern fünfzehn Jahre alt, aber die

18

anderen, ja, die eine war immer ein Jahr jünger als die andere, die jüngste von ihnen brauchte also noch volle fünf Jahre, bevor sie vom Meeresgrunde auftauchen und sehen durfte, wie es bei uns aussieht. Aber die eine versprach der anderen zu erzählen, was sie gesehen und was sie am ersten Tage am schönsten gefunden habe, denn ihre Großmutter erzählte ihnen nicht genug; da war so vieles, was sie wissen wollten.

Keine war so sehnsuchtsvoll wie die Jüngste, gerade sie, die noch die längste Zeit zu warten hatte und die so still und versonnen war. Manche Nacht stand sie am offenen Fenster und sah durch das dunkelblaue Wasser empor, wo die Fische mit ihren Flossen und Schwänzen herumplätscherten. Mond und Sterne konnte sie sehen; freilich schienen diese ganz bleich, aber durch das Wasser sahen sie viel größer aus als für unsere Augen. Glitt dann etwas, einer schwarzen Wolke gleich, unter ihnen dahin, so wußte sie, daß es entweder ein Walfisch sei, der über ihr schwamm, oder auch ein Schiff mit vielen Menschen; die dachten sicher nicht daran, daß eine liebliche kleine Seejungfrau unten stand und die weißen Hände gegen den Kiel emporstreckte.

Nun war die älteste Prinzessin fünfzehn Jahre alt und durfte über die Meeresfläche emporsteigen.

Als sie zurückkehrte, hatte sie hunderterlei zu erzählen, aber das Schönste, sagte sie, sei im Mondschein auf einer Sandbank in der ruhigen See zu liegen und nahebei die Küste mit der großen Stadt zu betrachten, wo die Lichter gleich hundert Sternen blinkten, die Musik und den Lärm und das Geräusch von Wagen und Menschen zu hören, die vielen Kirchtürme zu sehen und das Läuten der Glocken zu hören. Gerade weil sie nicht dort hinaufkommen konnte, sehnte sie sich am allermeisten nach alledem.

Oh! wie horchte die jüngste Schwester auf, und wenn sie später des Abends am offenen Fenster stand und durch das dunkelblaue Wasser emporblickte, dachte sie an die große Stadt mit all dem Lärm und Geräusch, und dann glaubte sie, die Kirchenglocken bis zu sich herunter läuten zu hören.

Im folgenden Jahre bekam die zweite Schwester die Erlaubnis, aus dem Wasser emporzusteigen und zu schwimmen, wohin sie wollte. Sie tauchte auf, gerade als die Sonne unterging, und dieser Anblick, fand sie, sei das Schönste. Der ganze Himmel habe wie Gold ausgesehen, sagte sie, und die Wolken, ja, deren Schönheit konnte sie nicht genug beschreiben! Rot und violett waren sie über ihr dahingesegelt, aber weit schneller als diese flog wie ein langer weißer Schleier ein Schwarm wilder Schwäne über das Wasser hin, wo die Sonne stand. Sie schwamm ihr entgegen, aber sie sank, und der Rosenschimmer erlosch auf der Meeresfläche und den Wolken.

Im Jahre darauf kam die dritte Schwester hinauf. Sie war die vorwitzigste von allen, darum schwamm sie einen breiten Fluß aufwärts, der in das Meer mündete. Herrliche grüne Hügel mit Weinranken erblickte sie, Schlösser und Burgen guckten durch prächtige Wälder hervor, sie hörte, wie alle Vögel sangen, und die Sonne schien so warm, daß sie oft unter das Wasser tauchen mußte, um ihr brennendes Antlitz zu kühlen. In einer kleinen Bucht traf sie einen ganzen Schwarm kleiner Menschenkinder. Ganz nackt liefen sie herum und planschten im Wasser. Sie wollte mit ihnen spielen, aber sie liefen erschrocken davon, und es kam ein kleines schwarzes Tier, das war ein Hund – aber sie hatte früher niemals einen Hund gesehen –, der bellte sie so schrecklich an, daß sie ängstlich wurde und wieder die offene See aufsuchte. Aber niemals konnte sie die prächtigen Wälder, die grünen Hügel und die niedlichen Kinder vergessen, die im Wasser schwimmen konnten, obgleich sie keinen Fischschwanz hatten.

Die vierte Schwester war nicht so vorwitzig, sie blieb draußen mitten auf dem wilden Meere und erzählte, daß es gerade dort am schönsten sei! Man sehe ringsumher viele Meilen weit, und der Himmel stehe wie eine große Glasglocke darüber. Schiffe hatte sie gesehen, aber nur in weiter Ferne; die sahen wie Strandmöwen aus, und die lustigen Delphine hatten Purzelbäume geschossen, und die großen Walfische hatten aus ihren Nasenlöchern Wasser emporgespritzt, so daß es ringsumher ausgesehen hatte wie Hunderte von Springbrunnen.

Nun kam die Reihe an die fünfte Schwester. Ihr Geburtstag war gerade im Winter, und deshalb sah sie, was die anderen das erstemal nicht gesehen hatten. Die See sah ganz grün aus, und ringsumher schwammen große Eisberge; jeder sah wie eine Perle aus und war doch viel größer als die Kirchtürme, welche die Menschen bauen. Sie zeigten sich in den wunderlichsten Gestalten und glänzten wie Diamanten. Sie hatte sich auf einen der allergrößten gesetzt, und alle Segler kreuzten erschrocken dort herum, wo sie saß und ihr langes Haar im Winde flattern ließ. Aber gegen Abend wurde der Himmel mit Wolken überzogen, es blitzte und donnerte, während die schwarze See die großen Eisblöcke hoch emporhob und sie im roten Blitze leuchten ließ. Auf allen Schiffen raffte man die Segel; da war eine Angst und ein Grauen. Aber sie saß ruhig auf ihrem schwimmenden Eisberge und sah die blauen Blitzstrahlen im Zickzack in die schimmernde See fahren.

Sobald eine der Schwestern das erstemal über das Wasser emporkam, war sie entzückt über das Neue und Schöne, was sie erblickte, aber da sie nun als erwachsene Mädchen die Erlaubnis hatten, hinaufzusteigen, wann sie wollten, wurde es ihnen gleichgültig. Sie sehnten sich wieder heim, und nach Verlauf eines Monats sagten sie, daß es da unten bei ihnen am allerschönsten sei, da sei man so hübsch zu Hause.

In mancher Abendstunde schlangen die fünf Schwestern die Arme umeinander und stiegen in einer Reihe über das Wasser hinauf. Herrliche Stimmen hatten sie, schöner als irgendein Mensch. Und wenn dann ein Sturm heraufzog, so daß sie vermuten konnten, es würden Schiffe untergehen, schwammen sie den Schiffen voran und sangen so lieblich, wie schön es auf dem Meeresgrunde sei, und baten die Seeleute, sich nicht zu fürchten, dort hinunterzukommen. Aber die konnten die Worte nicht verstehen und glaubten, es sei der Sturm; und sie bekamen auch die Herrlichkeit dort unten nicht zu sehen, denn wenn das Schiff sank, ertranken die Menschen und kamen nur als Tote zu des Meerkönigs Schloß.

Wenn die Schwestern des Abends Arm in Arm hoch durch das Wasser hinaufstiegen, dann stand die kleinste Schwester ganz allein und sah ihnen nach, und es war ihr, als ob sie weinen müßte, aber die Seejungfrau hat keine Tränen, und darum leidet sie viel mehr.

»Ach, wäre ich doch fünfzehn Jahre alt«, sagte sie. »Ich weiß, daß ich sie recht liebhaben werde, die Welt dort oben und die Menschen, die darauf wohnen.«

Endlich war sie fünfzehn Jahre alt.

»Sieh, nun bist du erwachsen«, sagte die Großmutter, die alte Königinwitwe. »Komm nun, laß mich dich schmücken wie deine anderen Schwestern!« Und sie setzte ihr einen Kranz weißer Lilien auf das Haar, aber jedes Blütenblatt war die Hälfte einer Perle, und die Alte ließ acht große Austern sich im Schweife der Prinzessin festklemmen, um ihren hohen Rang zu zeigen.

»Das tut so weh!« sagte die kleine Seejungfrau.

»Ja, für seine Schönheit muß man leiden!« sagte die Alte.

Oh, sie hätte so gern diese ganze Pracht abschütteln und den schweren Kranz ablegen mögen; ihre roten Blumen im Garten kleideten sie viel besser, aber sie konnte es nun nicht ändern.

»Lebt wohl!« sagte sie und stieg so leicht und klar wie eine Blase durch das Wasser hinauf.

Die Sonne war gerade untergegangen, als sie den Kopf über das Wasser erhob; aber alle Wolken glänzten noch wie Rosen und Gold, und inmitten der blaßroten Luft strahlte der Abendstern so hell und schön; die Luft war mild und frisch und das Meer ganz ruhig. Da lag ein großes Schiff mit drei Masten, ein einziges Segel war nur aufgezogen, denn nicht ein Lüftchen rührte sich; und ringsumher im Tauwerk und auf den Rahen saßen Matrosen. Da war Musik und Gesang, und als der Abend dunkelte, wurden Hunderte von bunten Lichtern angezündet, die sahen aus, als ob die Flaggen aller Nationen in der Luft wehten. Die kleine Seejungfrau schwamm gerade zum Kajütenfenster hin, und jedesmal, wenn das Wasser sie emporhob, konnte sie durch die spiegelblanken Fensterscheiben hineinsehen, wo so viele geputzte Menschen standen. Aber der Schönste war doch der junge Prinz mit den großen schwarzen Augen, er war gewiß nicht älter als sechzehn Jahre; es war sein Geburtstag, und deshalb herrschte all diese Pracht. Die Matrosen tanzten auf dem Deck, und als der junge Prinz hinaustrat, stiegen über hundert Raketen in die Luft. Sie leuchteten wie der helle Tag, so daß die kleine Seejungfrau sehr erschrak und unter das Wasser tauchte; aber sie steckte bald den Kopf wieder hervor, und da war es gerade, als ob alle Sterne des Himmels zu ihr herunterfielen. Niemals hatte sie solch ein Feuerwerk gesehen! Große Sonnen sprühten herum, prächtige Feuerfische flogen in die blaue Luft, und alles spiegelte sich in der klaren, stillen See wider. Auf dem Schiffe selbst war es so hell, daß die Menschen jedes kleine Tau erst recht sehen konnten. O wie schön war doch der junge Prinz! Und er drückte den Leuten die Hand und lächelte, während die Musik in der herrlichen Nacht erklang.

Es wurde spät, aber die kleine Seejungfrau konnte ihre Augen nicht von dem Schiffe und dem schönen Prinzen wenden. Die bunten Lichter wurden gelöscht, Raketen stiegen nicht mehr in die Höhe, es ertönten auch keine Kanonenschüsse mehr; aber tief unten im Meere summte und brummte es. Inzwischen saß die kleine Seejungfrau auf dem Wasser und schaukelte auf und nieder, so daß sie in die Kajüte hineinsehen konnte. Aber das Schiff nahm stärkere Fahrt, ein Segel nach dem andern breitete sich aus; nun gingen die Wogen höher, große Wolken zogen auf, es blitzte in der Ferne. Oh, es würde ein schreckliches Wetter geben! Darum zogen die Matrosen die Segel ein. Das große Schiff schaukelte in fliegender Fahrt auf der wilden See. Das Wasser erhob sich wie große schwarze Berge, die über die Masten rollen wollten, aber das Schiff tauchte einem Schwane gleich zwischen den hohen Wogen nieder und ließ sich wieder auf die hochgetürmten Wasser heben. Der kleinen Seejungfrau schien es gerade eine recht lustige Fahrt zu sein, aber so erschien es den Seeleuten nicht; das Schiff knackte und krachte, die dicken Planken bogen sich bei den starken Stößen, die

See stürzte in das Schiff hinein, der Mast brach mittendurch, gerade als ob er ein Rohr wäre, und das Schiff legte sich auf die Seite, während das Wasser in den Raum hineindrang. Nun sah die kleine Seejungfrau, daß sie in Gefahr waren; sie mußte sich selbst vor Planken und Stücken vom Schiffe, die auf dem Wasser trieben, in acht nehmen. Einen Augenblick war es so stockfinster, daß sie nicht das mindeste erblicken konnte, aber wenn es blitzte, wurde es wieder so hell, daß sie alle auf dem Schiffe erkannte; jeder tummelte sich, so gut er konnte. Besonders suchte sie den jungen Prinzen, und sie sah ihn, als das Schiff sich teilte, in das tiefe Meer versinken. Sogleich wurde sie ganz vergnügt, denn nun kam er zu ihr hinunter. Aber dann dachte sie daran, daß die Menschen nicht im Wasser leben können und daß er nicht anders als tot zum Schlosse ihres Vaters hinunterkommen konnte. Nein, sterben durfte er nicht; darum schwamm sie hin zwischen Balken und Planken, die auf der See trieben, und vergaß völlig, daß diese sie hätten zerdrücken können. Sie tauchte tief unter das Wasser und stieg wieder zwischen den Wogen empor und kam zuletzt so zu dem jungen Prinzen, der kaum noch länger in der stürmischen See schwimmen konnte. Seine Arme und Beine begannen zu ermatten; die schönen Augen schlossen sich. Er hätte sterben müssen, wäre die kleine Seejungfrau nicht hinzugekommen. Sie hielt seinen Kopf über das Wasser und ließ sich dann mit ihm von den Wogen treiben, wohin sie wollten.

Am Morgen war das böse Wetter vorüber, von dem Schiffe war kein Span mehr zu sehen, die Sonne stieg so rot und glänzend aus dem Wasser empor, es war, als ob des Prinzen Wangen dadurch Leben erhielten, aber die Augen blieben geschlossen. Die Seejungfrau küßte seine hohe, schöne Stirn und strich sein nasses Haar zurück. Es schien ihr, als gleiche er der Marmorstatue in ihrem kleinen Garten; sie küßte ihn wieder und wünschte, daß er doch leben möchte.

Nun sah sie vor sich das feste Land, hohe blaue Berge, auf deren Gipfel der weiße Schnee erglänzte, als wären es Schwäne, die dort lägen. Unten an der Küste waren herrliche grüne

Wälder, und davor lag eine Kirche oder ein Kloster, das wußte sie nicht recht, aber ein Gebäude war es. Zitronen- und Apfelsinenbäume wuchsen im Garten, und vor dem Tore standen hohe Palmen. Die See bildete hier, wo es ganz still, aber sehr tief war, eine kleine Bucht, gerade bis zu den Klippen, an die weißer feiner Sand gespült war; hierhin schwamm sie mit dem schönen Prinzen, legte ihn in den Sand, sorgte aber besonders dafür, daß der Kopf hoch im warmen Sonnenschein lag.

Nun läuteten die Glocken in dem großen weißen Gebäude, und es kamen viele junge Mädchen durch den Garten. Da schwamm die kleine Seejungfrau weiter hinaus hinter einige hohe Steine, die aus dem Wasser emporragten, legte Seeschaum auf ihr Haar und ihre Brust, so daß niemand ihr kleines Antlitz sehen konnte, und dann paßte sie auf, wer zu dem armen Prinzen kommen würde.

Es währte nicht lange, da kam ein junges Mädchen dorthin, es schien sehr zu erschrecken, aber nur einen Augenblick, dann holte es mehrere Menschen, und die Seejungfrau sah, daß der Prinz zum Leben zurückkehrte und daß er alle ringsherum anlächelte. Aber zu ihr hinaus lächelte er nicht; er wußte ja auch nicht, daß sie ihn gerettet hatte. Sie war so betrübt, und als er in das große Gebäude hineingeführt wurde, tauchte sie traurig unter das Wasser und kehrte zum Schlosse ihres Vaters zurück.

Immer war sie still und nachdenklich gewesen, aber nun wurde sie es noch weit mehr. Die Schwestern fragten sie, was sie das erstemal dort oben gesehen habe, aber sie erzählte nichts.

Manchen Abend und Morgen stieg sie dort hinauf, wo sie den Prinzen verlassen hatte. Sie sah, wie die Früchte des Gartens reiften und abgepflückt wurden; sie sah, wie der Schnee auf den hohen Bergen schmolz. Aber den Prinzen erblickte sie nicht, und deshalb kehrte sie immer betrübter heim. Da war es ihr einziger Trost, in ihrem kleinen Garten zu sitzen und die Arme um die schöne Marmorstatue zu schlingen, die dem Prinzen glich, aber ihre Blumen pflegte sie nicht, sie wuchsen wie in einer Wildnis über die Gänge hinaus und flochten ihre langen Stiele und Blätter in die Zweige der Bäume hinein, so daß es dort ganz dunkel war.

Zuletzt konnte sie es nicht länger aushalten und sagte es einer ihrer Schwestern; und da erfuhren es gleich alle andern, aber auch niemand sonst als diese und ein paar andere Seejungfrauen, die es keinem weitersagten, außer ihren nächsten Freundinnen. Eine von ihnen wußte, wer der Prinz war; sie hatte auch das Fest auf dem Schiffe gesehen und wußte, woher er war und wo sein Königreich lag.

»Komm kleine Schwester!« sagten die anderen Prinzessinnen, und sich umschlungen haltend, stiegen sie in einer langen Reihe aus dem Meere empor, wo sie das Schloß des Prinzen wußten.

Dieses war aus einer hellgelben, glänzenden Steinart gebaut, mit großen Marmortreppen, deren eine gerade in das Meer hinunterging. Prächtige vergoldete Kuppeln erhoben sich über dem Dache, und zwischen den Säulen, die um das ganze Gebäude herumgingen, standen Marmorbilder, die aussahen, als lebten sie. Durch das klare Glas der hohen Fenster sah man in die prächtigsten Säle hinein, wo kostbare Seidengardinen und Teppiche aufgehängt und alle Wände mit großen Gemälden geschmückt waren, so daß es ein wahres Vergnügen war, sie anzusehen. Mitten in dem größten Saale plätscherte ein großer Springbrunnen. Seine Strahlen reichten hoch hinauf gegen die Glaskuppel in der Decke, durch welche die Sonne auf das Wasser und die schönen Pflanzen schien, die in dem großen Bassin wuchsen.

Nun wußte sie, wo er wohnte, und dort war sie manchen Abend und manche Nacht auf dem Wasser. Sie schwamm viel näher an das Land, als eine der anderen es gewagt hatte, ja, sie ging den schmalen Kanal ganz hinauf unter den prächtigen Marmoraltan, der einen langen Schatten über das Wasser warf. Hier saß sie und sah den jungen Prinzen an, der glaubte, er sei ganz allein im hellen Mondenschein.

Sie sah ihn manchen Abend bei Musik in seinem prächtigen Boote segeln, auf dem Flaggen wehten. Sie guckte durch das grüne Schilf hervor, und wenn der Wind ihren langen silberweißen Schleier ergriff und jemand ihn sah, so glaubte er, es sei ein Schwan, der die Flügel ausbreite.

Sie hörte in mancher Nacht, wenn die Fischer mit Fackeln auf der See waren, daß sie soviel Gutes von dem jungen Prinzen erzählten. Es freute sie, daß sie sein Leben gerettet hatte, als er halbtot auf den Wogen umhertrieb; und sie dachte daran, wie fest sein Haupt an ihrer Brust geruht und wie innig sie ihn da geküßt hatte. Er aber wußte gar nichts davon und konnte nicht einmal von ihr träumen.

Mehr und mehr begann sie, die Menschen zu lieben, mehr und mehr wünschte sie, zu ihnen aufsteigen zu können, deren Welt ihr weit größer zu sein schien als die ihrige. Sie konnten ja auf Schiffen über das Meer fliegen, auf die hohen Berge hoch über die Wolken emporsteigen; und die Länder, die sie besaßen, erstreckten sich mit Wäldern und Feldern weiter, als ihre Blicke reichten. Da war so vieles, was sie zu wissen wünschte, aber die Schwestern wußten ihr auf alles keine Antwort zu geben, darum fragte sie die alte Großmutter, und diese kannte die höhere Welt recht gut, die sie sehr richtig die Länder über dem Meere nannte.

»Wenn die Menschen nicht ertrinken«, fragte die kleine Seejungfrau, »können sie dann ewig leben? Sterben sie nicht, wie wir hier unten im Meere?«

»Ja«, sagte die Alte, »sie müssen auch sterben, und ihre Lebenszeit ist sogar noch kürzer als unsere. Wir können dreihundert Jahre alt werden, aber wenn wir dann aufhören, hier zu sein, so werden wir nur in Schaum auf dem Wasser verwandelt, haben nicht einmal ein Grab hier unten unter unseren Lieben. Wir haben keine unsterbliche Seele, wir erhalten nie wieder Leben; wir sind wie das grüne Schilf; ist es einmal durchschnitten, so kann es nicht wieder grünen! Die Menschen dagegen haben eine Seele, die ewig lebt, nachdem der Körper zu Erde geworden ist; sie steigt durch die klare Luft empor, hinauf zu all den glänzenden Sternen! So wie wir aus dem Meere auftauchen und die Länder der Menschen sehen, so steigen sie zu unbekannten, herrlichen Stätten auf, die wir niemals zu sehen bekommen.«

»Warum bekamen wir keine unsterbliche Seele?« fragte die kleine Seejungfrau betrübt. »Ich wollte all meine Hunderte von Jahren, die ich zu leben habe, dafür geben, um nur einen Tag ein Mensch zu sein und später Anteil an der himmlischen Welt zu haben.«

»Daran darfst du nicht denken!« sagte die Alte. »Wir haben es viel glücklicher und besser als die Menschen dort oben!«

»Ich werde also sterben und als Schaum auf dem Meere treiben, nicht die Musik der Wogen hören, nicht die schönen Blumen und die rote Sonne sehen? Kann ich denn gar nichts tun, um eine unsterbliche Seele zu gewinnen?« –

»Nein!« sagte die Alte. »Nur wenn ein Mensch dich so lieben würde, daß du ihm mehr als Vater und Mutter wärest, wenn er mit all seinem Denken und all seiner Liebe an dir hinge und den Priester seine rechte Hand in deine legen ließe mit dem Gelöbnis der Treue hier und in alle Ewigkeit, dann flösse seine Seele in deinen Körper über, und auch du erhieltest Anteil an der Glückseligkeit der Menschen. Er gäbe dir eine Seele und behielte doch seine eigene. Aber das kann niemals geschehen! Was hier im Meere gerade schön ist, dein Fischschwanz, finden sie dort auf der Erde häßlich, sie verstehen es nun nicht besser; man muß dort zwei plumpe Stützen haben, die sie Beine nennen, um schön zu sein!«

Da seufzte die kleine Seejungfrau und sah betrübt auf ihren Fischschwanz.

»Laß uns froh sein«, sagte die Alte, »hüpfen und springen wollen wir in den dreihundert Jahren, die wir zu leben haben; das ist wahrlich eine gute Zeit. Später kann man sich um so zufriedener in seinem Grabe ausruhen. Heute abend werden wir Hofball haben!«

Das war auch eine Pracht, wie man sie nie auf Erden sieht. Wände und Decken des großen Tanzsaales waren aus dickem, aber klarem Glase. Mehrere hundert kolossale Muschelschalen, rosenrote und grasgrüne, standen zu jeder Seite in Reihen mit einem blaubrennenden Feuer, das den ganzen Saal erleuchtete und durch die Wände hinausschien, so daß die See draußen ganz beleuchtet war. Man konnte all die unzähligen Fische sehen, große und kleine, die gegen die Glasmauer schwammen; auf einigen glänzten die Schuppen purpurrot, auf anderen erschienen sie wie Silber und Gold. Mitten durch den Saal floß ein breiter Strom, und auf diesem tanzten die Meermänner und Meerweibchen zu ihrem eigenen lieblichen Gesang. So schöne Stimmen haben die Menschen auf der Erde nicht. Die kleine Seejungfrau sang am schönsten von allen, und sie klatschten ihr Beifall; und einen Augenblick fühlte sie Freude im Herzen, denn sie wußte, daß sie die schönste Stimme von allen auf der Erde und im Meere hatte! Aber bald gedachte sie wieder der Welt oben über sich; sie konnte den hübschen Prinzen und ihren Schmerz, daß sie keine unsterbliche Seele besitze wie er, nicht vergessen. Darum schlich sie sich aus ihres Vaters Schloß hinaus, und während drinnen Gesang und Frohsinn war, saß sie betrübt in ihrem kleinen Garten. Da hörte sie ein Waldhorn durch das Wasser klingen und dachte: »Nun segelt er sicher dort oben, er, den ich lieber habe als Vater und Mutter, er, an dem meine Gedanken hängen und in dessen Hand ich meines Lebens Glück legen möchte. Alles will ich wagen, um ihn und eine unsterbliche Seele zu gewinnen.«

Weit draußen hinter den drei großen Korallenfelsen wohnte ein altes Meerweibchen, das sich auf allerlei Arzneien und wunderliche Ratschläge verstand und von dem manche sogar sagten, daß sie zaubern könne. Woher sie das wissen wollten, weiß niemand so recht zu sagen, denn nie hätte jemand zugegeben, die Alte dort hinter den Korallenfelsen aufgesucht zu haben, und sie wurde von vielen sogar die Meerhexe genannt. Denn da ist das Meervolk nicht besser als die Menschen heroben auf der Erde: wenn ihnen einmal eine Frau zu sonderlich erscheint, so braucht nur einer zu sagen, sie sei eine Hexe, und schon plappern es die anderen nach.

»Wenn mir jemand helfen kann, dann sie«, dachte die kleine Seejungfrau und machte sich auf den Weg zu den Korallenfelsen.

Das Meerweibchen hatte die kleine Prinzessin so manches Mal aus der Ferne beobachtet und konnte sich schon denken, welche Sorge sie zu ihr trieb. »Ich weiß schon, was du willst«, begrüßte die Alte sie. »Es ist zwar dumm von dir, denn er wird dich ins Unglück stürzen, doch du sollst deinen Willen haben, wenn du unbedingt willst, meine schöne Prinzessin. Du willst gerne deinen Fischschwanz los sein und statt dessen zwei Stützen wie die Menschen zum Gehen haben, damit sich der junge Prinz in dich verlieben kann und du eine unsterbliche Seele erhalten kannst. Du kommst gerade zu rechten Zeit«, sagte sie, »morgen, wenn die Sonne aufgeht, könnte ich dir nicht helfen, bis wieder ein Jahr herum wäre. Ich werde dir einen Trank bereiten, mit dem mußt du, bevor die Sonne aufgeht, nach dem Lande schwimmen, dich dort an das Ufer setzen und ihn trinken, dann wird dein Schwanz von dir getrennt und schrumpft zu dem zusammen, was die Menschen niedliche Beine nennen, aber es tut weh, es ist, als ob ein scharfes Schwert dich durchdringe. Alle, die dich sehen, werden sagen, du seiest das schönste Menschenkind, das sie gesehen hätten. Du behältst deinen schwebenden Gang, keine Tänzerin kann sich so leicht bewegen wie du, aber jeder Schritt, den du machst, ist, als ob du auf scharfe Messer trätest, als ob dein Blut fließen müßte. Willst du all dieses leiden, so werde ich dir helfen!«

»Ja!« sagte die kleine Seejungfrau mit bebender Stimme und gedachte des Prinzen und der unsterblichen Seele.

»Aber bedenke«, sagte die Alte, »hast du erst menschliche Gestalt bekommen, so kannst du niemals wieder eine Seejungfrau werden! Du kannst niemals wieder durch das Wasser zu deinen Schwestern und zum Schlosse deines Vaters heruntersteigen. Und gewinnst du die Liebe des Prinzen nicht, so daß er um dich Vater und Mutter vergißt, an dir mit allen Gedanken hängt und den Priester eure Hände ineinanderlegen läßt, daß ihr Mann und Frau werdet, so bekommst du keine unsterbliche Seele! Am ersten Morgen, nachdem er mit einer anderen verheiratet ist, wird dein Herz brechen, und du wirst zu Schaum auf dem Wasser.«

»Ich will es«, sagte die kleine Seejungfrau und war bleich wie der Tod.

»Aber damit der Trank wirkt, müssen wir das Beste, was du besitzt, darein geben. Du hast die schönste Stimme von allen hier auf dem Meeresgrunde. Damit der Trank scharf werde wie ein zweischneidiges Schwert, mußt du mir deine Zunge geben und wirst fortan stumm sein.«

»Aber wenn du meine Stimme nimmst, was behalte ich dann zurück?« sagte die kleine Seejungfrau.

»Deine schöne Gestalt, deinen schwebenden Gang und deine sprechenden blauen Augen; damit kannst du schon ein Menschenherz betören. Nun, hast du den Mut verloren, oder bleibst du bei deinem Entschluß?«

»Es geschehe«, sagte die kleine Seejungfrau und ließ sich von dem Meerweibchen die Zunge abschneiden. Die kochte daraus mit allerlei Meerespflanzen und anderen Zutaten einen Trank, und als er fertig war, sah er aus wie das klarste Wasser. Den nahm die Prinzessin mit, bedankte sich bei der Alten und machte sich auf den Heimweg, um Abschied zu nehmen. Sie sah das Schloß, die Fackeln in dem großen Tanzsaale waren erloschen, sie schliefen sicher alle drinnen, aber sie wagte doch nicht, sie aufzusuchen, da sie nun stumm war und sie auf immer verlassen wollte. Es war, als ob ihr Herz vor Trauer zerspringen sollte. Sie schlich in den Garten, nahm eine Blume von jedem Blumenbeet ihrer Schwestern, warf dem Schlosse Tausende von Kußhändchen zu und stieg durch die dunkelblaue See hinauf.

Die Sonne war noch nicht aufgegangen, als sie des Prinzen Schloß erblickte und die prächtige Marmortreppe bestieg. Der Mond schien herrlich klar. Die kleine Seejungfrau trank den brennenden, scharfen Trank, und es war, als ginge ein zweischneidiges Schwert durch ihren feinen Körper; sie wurde dabei ohnmächtig und lag da wie tot. Als die Sonne über die See schien, erwachte sie und fühlte einen schneidenden Schmerz. Aber gerade vor ihr stand der schöne junge Prinz, er heftete seine kohlschwarzen Augen auf sie, so daß sie die ihren niederschlug und sah, daß ihr Fischschwanz fort war und sie die niedlichsten kleinen weißen Beine hatte, die nur ein Mädchen haben kann. Aber sie war ganz nackt, deshalb hüllte sie sich in ihr starkes, langes Haar ein. Der Prinz fragte, wer sie sei und wie sie dahin gekommen wäre, und sie sah ihn sanft und doch so betrübt mit ihren dunkelblauen Augen an, sprechen konnte sie ja nicht. Da nahm er sie bei der Hand und führte sie in das Schloß hinein. Jeder Schritt, den sie tat, war, als trete sie auf spitze Nadeln und scharfe Messer, wie die Alte ihr vorausgesagt hatte, aber das ertrug sie gern. An des Prinzen Hand schritt sie so leicht einher wie eine Seifenblase, und er und alle wunderten sich über ihren anmutigen schwebenden Gang.

Sie bekam nun kostbare Kleider aus Seide und Musselin. Im Schlosse war sie die Schönste von allen, aber sie war stumm, konnte weder singen noch sprechen. Herrliche Sklavinnen, in Seide und Gold gekleidet, traten auf und sangen vor dem Prinzen und seinen königlichen Eltern. Eine sang schöner als alle anderen, und der Prinz klatschte in die Hände und lächelte ihr zu. Da wurde die kleine Seejungfrau betrübt, sie wußte, daß sie selbst viel schöner gesungen hatte, und dachte: »Oh, wenn er nur wüßte, daß ich, um bei ihm zu sein, meine Stimme für alle Ewigkeit hingegeben habe!«

Nun tanzten die Sklavinnen niedliche schwebende Tänze zur herrlichen Musik. Da erhob die kleine Seejungfrau ihre schönen weißen Arme, erhob sich auf die Fußspitzen und schwebte über den Fußboden hin, tanzte, wie noch keine getanzt hatte; bei jeder Bewegung wurde ihre Schönheit noch sichtbarer, und ihre Augen sprachen tiefer zum Herzen als der Gesang der Sklavinnen.

Alle waren entzückt davon, besonders der Prinz, der sie sein kleines Findelkind nannte; und sie tanzte mehr und mehr, obwohl es jedesmal, wenn ihr Fuß die Erde berührte, war, als ob sie auf scharfe Messer träte. Der Prinz sagte, daß sie immer bei ihm bleiben solle, und sie erhielt die Erlaubnis, vor seiner Tür auf einem Samtkissen zu schlafen.

Er ließ ihr eine Männertracht machen, damit sie ihn zu Pferde begleiten könne. Sie ritten durch die duftenden Wälder, wo die grünen Zweige ihre Schultern berührten und die kleinen Vögel hinter den frischen Blättern sangen. Sie kletterte mit dem Prinzen auf die hohen Berge hinauf, obgleich ihre zarten Füße bluteten, so daß die anderen es sehen konnten, lachte sie doch darüber und folgte ihm, bis sie die Wolken unter sich segeln sahen, als wären sie ein Schwarm Vögel, der nach fremden Ländern zog.

Zu Hause in des Prinzen Schloß, wenn nachts die andern schliefen, ging sie auf die breite Marmortreppe hinaus, und es kühlte ihre brennenden Füße, im kalten Seewasser zu stehen, und dann gedachte sie derer dort unten in der Tiefe.

Eines Nachts kamen ihre Schwestern Arm in Arm. Sie sangen so traurig, während sie über dem Wasser schwammen. Sie winkte ihnen, und sie erkannten sie und erzählten, wie sehr sie sie alle betrübt habe. Seitdem besuchten sie sie in jeder Nacht, und einmal sah sie weit draußen ihre alte Großmutter, die viele Jahre nicht über der Meeresfläche gewesen war, und den Meerkönig mit seiner Krone auf dem Haupte; sie streckten die Hände nach ihr aus, wagten sich aber dem Lande nicht so nahe wie die Schwestern.

Tag für Tag wurde sie dem Prinzen lieber; er liebte sie, wie man ein gutes, liebes Kind liebt. Aber sie zu seiner Königin zu machen, kam ihm nicht in den Sinn; und seine Frau mußte sie doch werden, sonst erhielt sie keine unsterbliche Seele und mußte an seinem Hochzeitsmorgen zu Schaum auf dem Meere werden. »Liebst du mich nicht am meisten von allen?« schienen die Augen der kleinen Seejungfrau zu fragen, wenn er sie in seine Arme nahm und ihre schöne Stirn küßte.

»Ja, du bist mir die Liebste«, sagte der Prinz, »denn du hast das beste Herz von allen. Du bist mir am meisten ergeben, du gleichst einem jungen Mädchen, das ich einmal sah, aber niemals wiederfinde. Ich war auf einem Schiffe, das strandete. Die Wellen warfen mich bei einem heiligen Tempel ans Land, wo mehrere junge Mädchen den Dienst verrichteten, die jüngste dort fand mich am Ufer und rettete mein Leben, ich sah sie nur zweimal. Sie wäre die einzige, die ich in dieser Welt lieben

könnte, aber du gleichst ihr und du verdrängst fast ihr Bild aus
meiner Seele; sie gehört dem heiligen Tempel an, und darum hat
mein gutes Glück dich mir gesandt. Niemals wollen wir uns tren-
nen!« – »Ach, er weiß nicht, daß ich sein Leben gerettet habe!«
dachte die kleine Seejungfrau, »ich trug ihn über das Meer zum
Walde hin, wo der Tempel steht; ich saß hinter dem Schaume
und sah, ob keine Menschen kommen würden. Ich sah das
schöne Mädchen, das er lieber hat als mich!« Und die Seejungfrau seufzte tief, weinen konnte sie nicht. »Das Mädchen gehört
dem heiligen Tempel an, hat er gesagt. Sie kommt nie in die Welt
hinaus, sie begegnen sich nicht mehr, ich bin bei ihm, sehe ihn
jeden Tag, ich will ihn pflegen, lieben, ihm mein Leben opfern!«
Aber nun sollte der Prinz sich verheiraten und des Nachbarkönigs schöne Tochter zur Frau bekommen, erzählte man, darum
rüste er ein so prächtiges Schiff aus. Der Prinz reist, um des
Nachbarkönigs Lande zu sehen, heißt es, aber es geschieht nur,
um des Nachbarkönigs Tochter zu sehen. Ein großes Gefolge
soll ihn begleiten. Die kleine Seejungfrau schüttelte den Kopf
und lächelte; sie kannte die Gedanken des Prinzen viel besser
als alle anderen. »Ich muß reisen!« hatte er zu ihr gesagt, »ich
muß mir die schöne Prinzessin ansehen, meine Eltern verlangen es, aber sie wollen mich nicht zwingen, sie als meine Braut
heimzuführen. Ich kann sie nicht lieben! Sie gleicht nicht dem
schönen Mädchen im Tempel, dem du gleichst. Sollte ich einst
eine Braut wählen, so würdest du es sein, mein stummes
Findelkind mit den sprechenden Augen!« Und er küßte ihren
roten Mund, spielte mit ihrem langen Haar und legte sein
Haupt an ihr Herz, so daß es von Menschenglück und einer
unsterblichen Seele träumte.

»Du fürchtest doch das Meer nicht, mein stummes Kind?« sagte
er, als sie auf dem prächtigen Schiffe standen, welches ihn nach
den Ländern des Nachbarkönigs führen sollte. Er erzählte ihr
vom Sturm und von der Windstille, von seltsamen Fischen in
der Tiefe und von dem, was die Taucher gesehen haben; und sie
lächelte bei seiner Erzählung, sie wußte ja besser als irgendein
anderer, was auf dem Meeresgrunde vorging.

In der mondhellen Nacht, als alle schliefen bis auf den Steuermann, der am Ruder stand, saß sie an der Reling des Schiffes und sah durch das klare Wasser hinunter. Sie glaubte ihres Vaters Schloß zu erblicken; hoch oben stand die alte Großmutter mit der Silberkrone auf dem Haupte und sah durch die reißenden Ströme zum Kiel des Schiffes empor. Da kamen ihre Schwestern über das Wasser hervor, schauten sie traurig an und rangen ihre weißen Hände. Sie winkte ihnen, lächelte und wollte erzählen, wie es ihr gut und glücklich ginge; aber der Schiffsjunge näherte sich ihr, und die Schwestern tauchten unter, so daß er glaubte, das Weiße, was er gesehen, sei Schaum auf der See gewesen.

Am nächsten Morgen segelte das Schiff in den Hafen von des Nachbarkönigs prächtiger Stadt. Alle Kirchenglocken läuteten, und von den hohen Türmen wurden Posaunen geblasen, während die Soldaten mit wehenden Fahnen und blitzenden Bajonetten dastanden. An jedem Tage gab es ein Fest. Bälle und Gesellschaften folgten einander, aber die Prinzessin war noch nicht da. Sie werde weit fort in einem heiligen Tempel erzogen, sagten sie, dort lerne sie alle königlichen Tugenden. Endlich traf sie ein.

Die kleine Seejungfrau war begierig, ihre Schönheit zu sehen, und sie mußte sie anerkennen, eine lieblichere Gestalt hatte sie noch nie gesehen. Die Haut war so fein und zart, und hinter den langen dunklen Augenwimpern lächelten ein Paar schwarzblaue treue Augen.

»Du bist es!« sagte der Prinz, »du, die mich gerettet hat, als ich wie ein Toter an der Küste lag!« Und er drückte seine errötende Braut an seine Brust. »Oh, ich bin allzu glücklich!« sagte er zur kleinen Seejungfrau. »Das Beste, das ich niemals erhoffen durfte, ist mir erfüllt worden. Du wirst dich über mein Glück freuen, denn du meinst es von allen am besten mit mir!« Und die kleine Seejungfrau küßte seine Hand und ihr schien, als bräche schon ihr Herz. Sein Hochzeitsmorgen würde ihr ja den Tod bringen und sie in Schaum auf dem Meere verwandeln.

Alle Kirchenglocken läuteten; die Herolde ritten in den Straßen umher und verkündeten die Verlobung. Auf allen Altären brannte duftendes Öl in kostbaren Silberlampen. Die Priester schwangen die Rauchfässer, und Braut und Bräutigam reichten einander die Hand und erhielten den Segen des Bischofs. Die kleine Seejungfrau war in Seide und Gold gekleidet und hielt die Schleppe der Braut, aber ihre Ohren hörten nicht die festliche Musik, ihre Augen sahen nicht die heilige Zeremonie, sie dachte an ihre Todesnacht und an all das, was sie in dieser Welt verloren hatte.

Noch am selben Abend gingen die Braut und der Bräutigam an Bord des Schiffes. Die Kanonen donnerten, alle Flaggen wehten, und mitten auf dem Schiffe war ein köstliches Zelt aus Gold und Purpur und mit den schönsten Kisten errichtet, da sollte das Brautpaar in der kühlen stillen Nacht schlafen.

Die Segel schwellten im Winde, und das Schiff glitt leicht und ohne große Bewegung über die klare See dahin.

Als es dunkelte, wurden bunte Lampen angezündet und die Seeleute tanzten lustige Tänze auf dem Deck. Die kleine Seejungfrau mußte daran denken, wie sie das erste Mal aus dem Meer auftauchte und die gleiche Pracht und Freude sah; und sie wirbelte mit im Tanze, schwebte, wie die Schwalbe schwebt, wenn sie verfolgt wird; und alle jubelten ihr vor Bewunderung zu, nie hatte sie so herrlich getanzt. Es schnitt wie scharfe Messer in die zarten Füße, aber sie fühlte es nicht, es schnitt ihr noch schmerzlicher durch das Herz. Sie wußte, es war der letzte Abend, an dem sie ihn sah, für den sie ihre Verwandten und ihre Heimat verlassen, ihre schöne Stimme hingegeben und täglich unendliche Qualen erlitten hatte, ohne daß er es mit einem Gedanken ahnte. Es war die letzte Nacht, daß sie dieselbe Luft einatmete wie er, das tiefe Meer und den sternenhellen Himmel sah. Eine ewige Nacht ohne Gedanken und Traum harrte ihrer, die keine Seele hatte und sie nicht gewinnen konnte. Und alles war Freude und Heiterkeit auf dem Schiffe bis weit über Mitternacht; sie lachte und tanzte mit Todesgedanken im Herzen. Der Prinz küßte seine schöne

Braut, und sie spielte mit seinem schwarzen Haar, und Arm in Arm gingen sie zur Ruhe in das prächtige Zelt.

Es wurde still und ruhig auf dem Schiffe, nur der Steuermann stand am Ruder, die kleine Seejungfrau legte ihre weißen Arme an die Reling und blickte gegen Osten nach der Morgenröte; der erste Sonnenstrahl, wußte sie, würde sie töten. Da sah sie ihre Schwestern aus dem Meere aufsteigen; sie waren bleich wie sie, ihre langen schönen Haare wehten nicht mehr im Winde, sie waren abgeschnitten.

»Wir haben sie dem Meerweibchen gegeben, damit sie Hilfe bringe und du diese Nacht nicht sterben mußt! Sie hat uns ein Messer gegeben, hier ist es! Siehst du, wie scharf es ist? Bevor die Sonne aufgeht, mußt du es in das Herz des Prinzen stechen, und wenn sein warmes Blut deine Füße bespritzt, dann wachsen sie zu einem Fischschwanz zusammen und du wirst wieder eine Seejungfrau, kannst zu uns ins Wasser hinabsteigen und lebst deine dreihundert Jahre, bevor du zum toten salzigen Seeschaum wirst. Beeile dich! Er oder du mußt sterben, bevor die Sonne aufgeht! Unsere alte Großmutter trauert so, daß ihr weißes Haar gefallen ist wie das unsrige unter der Schere des Meerweibchens. Töte den Prinzen und komm zurück! Beeile dich! Siehst du den roten Streifen am Himmel? In wenigen Minuten steigt die Sonne auf, und dann mußt du sterben!« Und sie stießen einen seltsam tiefen Seufzer aus und versanken in den Wogen.

Die kleine Seejungfrau zog den Purpurteppich vom Zelte fort und sah die schöne Braut mit ihrem Haupte an des Prinzen Brust ruhen, und sie bog sich nieder, küßte ihn auf seine schöne Stirn, sah zum Himmel auf, wo die Morgenröte mehr und mehr leuchtete, sah auf das scharfe Messer und heftete die Augen wieder auf den Prinzen, der im Traume seine Braut beim Namen nannte. Nur sie war in seinen Gedanken, und das Messer zitterte in der Hand der Seejungfrau. Aber da warf sie es weit hinaus in die Wogen; sie leuchteten rot, wo es hinfiel, es sah aus, als quollen Blutstropfen aus dem Wasser auf. Noch einmal sah sie mit halbgebrochenem Blick auf den Prinzen, stürzte sich vom Schiffe in das Meer hinab und fühlte wie ihr Körper sich in Schaum auflöste.

Nun stieg die Sonne aus dem Meere auf, die Strahlen fielen so mild und warm auf den todeskalten Meeresschaum, und die kleine Seejungfrau fühlte nichts vom Tode. Sie sah die helle Sonne, und über ihr schwebten Hunderte von durchsichtigen, herrlichen Geschöpfen. Sie konnte durch sie des Schiffes weiße Segel und des Himmels rote Wolken sehen; ihre Stimmen waren Melodie, aber so geistig, daß kein menschliches Ohr sie hören, kein irdisches Auge sie sehen konnte; ohne Schwingen schwebten sie durch ihre eigene Leichtigkeit durch die Luft. Die kleine Seejungfrau sah, daß sie einen Körper hatte wie diese, der sich mehr und mehr aus dem Schaum erhob.

»Wohin komme ich?« fragte sie, und ihre irdische Stimme klang wie die der andern Wesen, so geistig, daß keine irdische Musik sie wiedergeben kann.

»Zu den Töchtern der Luft!« antworteten die andern. »Die Seejungfrau hat keine unsterbliche Seele und kann sie nie

erhalten, wenn sie nicht eines Menschen Liebe gewinnt, von einer fremden Macht hängt ihr ewiges Dasein ab. Die Töchter der Luft haben auch keine unsterbliche Seele, aber sie können sich selbst durch gute Taten eine unsterbliche Seele schaffen. Wir fliegen nach den warmen Ländern, wo die schwüle Pestluft die Menschen tötet, dort fächeln wir Kühlung. Wir breiten den Duft der Blumen durch die Luft aus und senden Erquickung und Heilung. Wenn wir dreihundert Jahre lang gestrebt haben, alles Gute zu tun, das wir vollbringen können, dann erhalten wir eine unsterbliche Seele und nehmen Teil am ewigen Glück der Menschen. Du arme kleine Seejungfrau hast mit ganzem Herzen nach demselben gestrebt wie wir. Du hast gelitten und geduldet, hast dich zur Luftgeisterwelt erhoben und kannst dir nun selbst durch gute Werke nach drei Jahrhunderten eine unsterbliche Seele erringen.«

Und die kleine Seejungfrau erhob ihre hellen Arme auf zu Gottes Sonne, und zum erstenmal fühlte sie Tränen. Auf dem Schiff war wieder Lärm und Leben, sie sah den Prinzen mit seiner schönen Braut nach ihr suchen, wehmütig sahen sie den perlenden Schaum an, als ob sie wüßten, daß sie sich in die Wogen gestürzt hatte. Unsichtbar küßte sie die Stirn der Braut, lächelte dem Prinzen zu und stieg mit den anderen Kindern der Luft zu der rosenroten Wolke hinauf, welche die Luft durchsegelte.

Katze und Maus in Gesellschaft

Eine Katze hatte Bekanntschaft mit einer Maus gemacht und ihr so viel von der großen Liebe und Freundschaft vorgesagt, die sie zu ihr trüge, daß die Maus endlich einwilligte, mit ihr zusammen in einem Hause zu wohnen und gemeinschaftliche Wirtschaft zu führen. »Aber für den Winter müssen wir Vorsorge tragen, sonst leiden wir Hunger«, sagte die Katze, »du, Mäuschen, kannst dich nicht überall hinwagen und gerätst mir am Ende in eine Falle.« Der gute Rat ward also befolgt und ein Töpfchen mit Fett angekauft. Sie wußten aber nicht, wo sie es hinstellen sollten; endlich nach langer Überlegung sprach die Katze: »Ich weiß keinen Ort, wo es besser aufgehoben wäre, als die Kirche, da getraut sich niemand etwas wegzunehmen: wir stellen es unter den Altar und rühren es nicht eher an, als bis wir es nötig haben.« Das Töpfchen ward also in Sicherheit gebracht; aber es dauerte nicht lange, so trug die Katze Gelüsten danach und sprach zur Maus: »Was ich dir sagen wollte, Mäuschen, ich bin von meiner Base zu Gevatter gebeten: sie hat ein Söhnchen zur Welt gebracht, weiß mit braunen Flecken, das soll ich über die Taufe halten. Laß mich heute ausgehen und besorge du das Haus allein.« – »Ja, ja«, antwortete die Maus, »geh in Gottes Namen; wenn du was Gutes issest, so denk an mich: von dem süßen roten Kindbetterwein tränk' ich auch gerne ein Tröpfchen.« Es war aber alles nicht wahr; die Katze hatte keine Base und war nicht zu Gevatter gebeten. Sie ging geradewegs nach der Kirche, schlich zu dem Fettöpfchen, fing an zu lecken und leckte die fette Haut ab. Dann machte sie einen Spaziergang auf den Dächern der Stadt, besah sich die Gelegenheit, streckte sich hernach in der Sonne aus und wischte sich den Bart, sooft sie an das Fettöpfchen dachte. Erst als es Abend war, kam sie wieder nach Haus. »Nun, da bist du ja wieder«, sagte die Maus, »du hast gewiß einen lustigen Tag gehabt.« – »Es ging wohl an«, antwortete die Katze. »Was hat denn das Kind für einen Namen bekommen?« fragte die Maus. »*Hautab*«, sagte die Katze ganz trocken. »Hautab«, rief die Maus, »das ist ja ein wunderlicher und seltsamer Name, ist der in eurer Familie

gebräuchlich?« – »Was ist da weiter«, sagte die Katze, »er ist nicht schlechter als Bröseldieb, wie deine Paten heißen.«

Nicht lange danach überkam die Katze wieder ein Gelüsten. Sie sprach zur Maus: »Du mußt mir den Gefallen tun und nochmals das Hauswesen allein besorgen, ich bin zum zweitenmal zu Gevatter gebeten, und da das Kind einen weißen Ring um den Hals hat, so kann ich's nicht absagen.« Die gute Maus willigte ein, die Katze aber schlich hinter der Stadtmauer zu der Kirche und fraß den Fettopf halb aus. »Es schmeckt nichts besser«, sagte sie, »als was man selber ißt«, und war mit ihrem Tagewerk ganz zufrieden. Als sie heimkam, fragte die Maus: »Wie ist denn dieses Kind getauft worden?« – »*Halbaus*«, antwortete die Katze. »Halbaus! Was du sagst! Den Namen habe ich mein Lebtag noch nicht gehört, ich wette, der steht nicht in dem Kalender.«

Der Katze wässerte das Maul bald wieder nach dem Leckerwerk. »Aller guten Dinge sind drei«, sprach sie zur Maus, »da soll ich wieder Gevatter stehen, das Kind ist ganz schwarz und hat bloß weiße Pfoten, sonst kein weißes Haar am ganzen Leib, das trifft sich alle paar Jahr nur einmal: du lässest mich doch ausgehen?« – »Hautab! Halbaus!« antwortete die Maus, »es sind so kuriose Namen, die machen mich so nachdenksam.« – »Da sitzest du daheim in deinem dunkelgrauen Flausrock und deinem langen Haarzopf«, sprach die Katze, »und fängst Grillen: das kommt davon, wenn man bei Tage nicht ausgeht.«

Die Maus räumte während der Abwesenheit der Katze auf und brachte das Haus in Ordnung, die naschhafte Katze aber fraß den Fettopf rein aus. »Wenn erst alles aufgezehrt ist, so hat man Ruhe«, sagte sie zu sich selbst und kam satt und dick erst in der Nacht nach Haus. Die Maus fragte gleich nach dem Namen, den das dritte Kind bekommen hätte. »Er wird dir wohl auch nicht gefallen«, sagte die Katze, »er heißt *Ganzaus*.« – »Ganzaus!« rief die Maus, »das ist der allerbedenklichste Namen, gedruckt ist er mir noch nicht vorgekommen. Ganzaus! Was soll das bedeuten?« Sie schüttelte den Kopf, rollte sich zusammen und legte sich schlafen.

Von nun an wollte niemand mehr die Katze zu Gevatter bitten; als aber der Winter herangekommen und draußen nichts mehr zu finden war, gedachte die Maus ihres Vorrats und sprach: »Komm, Katze, wir wollen zu userm Fettopfe gehen, den wir uns aufgespart haben, der wird uns schmecken.« – »Jawohl«, antwortete die Katze, »der wird dir schmecken, als wenn du deine feine Zunge zum Fenster hinausstreckst.« Sie machten sich auf den Weg, und als sie anlangten, stand zwar der Fettopf noch an seinem Platz, er war aber leer. »Ach«, sagte die Maus, »jetzt merke ich, was geschehen ist, jetzt kommt's an den Tag, das ist mir die wahre Freundschaft! Aufgefressen hast du alles, wie du zu Gevatter gestanden hast: erst Haut ab, dann halb aus, dann . . .« – »Willst du schweigen«, rief die Katze, »noch ein Wort, und ich fresse dich auf.« – »Ganz aus«, hatte die arme Maus schon auf der Zunge, kaum war es heraus, so tat die Katze einen Satz nach ihr, packte sie und schluckte sie hinunter. Siehst du, so geht's in der Welt.

Fundevogel

Es war einmal ein Förster, der ging in den Wald auf die Jagd, und wie er in den Wald kam, hörte er schreien, als ob's ein kleines Kind wäre. Er ging dem Schreien nach und kam endlich zu einem hohen Baum, und oben darauf saß ein kleines Kind. Es war aber die Mutter mit dem Kinde unter dem Baum eingeschlafen, und ein Raubvogel hatte das Kind in ihrem Schoße gesehen: da war er hinzugeflogen, hatte es mit seinem Schnabel weggenommen und auf den hohen Baum gesetzt.

Der Förster stieg hinauf, holte das Kind herunter und dachte: »Du willst das Kind mit nach Haus nehmen und mit deinem Lenchen zusammen aufziehn.« Er brachte es also heim, und die zwei Kinder wuchsen miteinander auf. Das aber, das auf dem Baum gefunden worden war, und weil es ein Vogel weggetragen hatte, wurde *Fundevogel* geheißen. Fundevogel und Lenchen hatten sich so lieb, nein so lieb, daß, wenn eins das andere nicht sah, ward es traurig.

Der Förster hatte aber eine alte Köchin, die nahm eines Abends zwei Eimer und fing an, Wasser zu schleppen, und ging nicht einmal, sondern vielemal hinaus an den Brunnen. Lenchen sah es und sprach: »Hör einmal, alte Sanne, was trägst du denn so viel Wasser zu?« – »Wenn du's keinem Menschen wieder sagen willst, so will ich dir's wohl sagen.« Da sagte Lenchen, nein, sie wollte es keinem Menschen wiedersagen; so sprach die Köchin: »Morgen früh, wenn der Förster auf die Jagd ist, da koche ich das Wasser, und wenn's im Kessel siedet, werfe ich den Fundevogel 'nein und will ihn darin kochen.«

Des andern Morgens in aller Frühe stieg der Förster auf und ging auf die Jagd, und als er weg war, lagen die Kinder noch im Bett. Da sprach Lenchen zum Fundevogel: »Verläßt du mich nicht, so verlaß' ich dich auch nicht!« So sprach der Fundevo-

gel: »Nun und nimmermehr.« Da sprach Lenchen: »Ich will es
dir nur sagen, die alte Sanne schleppte gestern abend so viel
Eimer Wasser ins Haus, da fragte ich sie, warum sie das täte, so
sagte sie, wenn ich's keinem Menschen sagen wollte, so wollte
sie es mir wohl sagen: sprach ich, ich wollte es gewiß keinem
Menschen sagen: da sagte sie, morgen früh, wenn der Vater auf
die Jagd wäre, wollte sie den Kessel voll Wasser sieden, dich

hineinwerfen und kochen. Wir wollen aber geschwind aufsteigen, uns anziehen und zusammen fortgehen.«

Also standen die beiden Kinder auf, zogen sich geschwind an und gingen fort. Wie nun das Wasser im Kessel kochte, ging die Köchin in die Schlafkammer, wollte den Fundevogel holen und ihn hineinwerfen. Aber als sie hineinkam und zu den Betten trat, waren die Kinder beide fort: da wurde ihr grausam Angst, und sie sprach vor sich: »Was will ich nun sagen, wenn der Förster heimkommt und sieht, daß die Kinder weg sind? Geschwind hinten nach, daß wir sie wieder kriegen!«

Da schickte die Köchin drei Knechte nach, sie sollten laufen und die Kinder einlangen. Die Kinder aber saßen vor dem Wald, und als sie die drei Knechte von weitem laufen sahen, sprach Lenchen zum Fundevogel: »Verläßt du mich nicht, so verlaß' ich dich auch nicht.« So sprach Fundevogel: »Nun und nimmermehr.« Da sagte Lenchen: »Werde du zum Rosenstöckchen und ich zum Röschen darauf.« Wie nun die drei Knechte vor den Wald kamen, so war nichts da als ein Rosenstrauch und ein Röschen oben drauf, die Kinder aber nirgends. Da sprachen sie: »Hier ist nichts zu machen«, und gingen heim und sagten der Köchin, sie hätten nichts in der Welt gesehen als nur ein Rosenstöckchen und ein Röschen oben darauf. Da schalt die alte Köchin: »Ihr Einfaltspinsel, ihr hättet das Rosenstöckchen sollen entzweischneiden und das Röschen abbrechen und mit nach Haus bringen, geschwind und tut's.« Sie mußten also zum zweitenmal hinaus und suchen. Die Kinder sahen sie aber von weitem kommen, da sprach Lenchen: »Fundevogel, verläßt du mich nicht, so verlaß' ich dich auch nicht.« Fundevogel sagte: »Nun und nimmermehr.« Sprach Lenchen: »So werde du eine Kirche und ich die Krone darin.« Wie die drei Knechte dahin kamen, war nichts da als eine Kirche und eine Krone darin. Sie sprachen also zu einander: »Was sollen wir hier machen? Laßt uns nach Hause gehen.« Wie sie nach Hause kamen, fragte die Köchin, ob sie nichts gefunden hätten: so sagten sie, nein, sie hätten nichts gefunden als eine Kirche, da wäre eine Krone darin gewesen.

»Ihr Narren«, schalt die Köchin, »warum habt ihr nicht die Kirche zerbrochen und die Krone mit heimgebracht?« Nun machte sich die alte Köchin selbst auf die Beine und ging mit den drei Knechten den Kindern nach. Die Kinder sahen aber die drei Knechte von weitem kommen, und die Köchin wackelte hinten nach. Da sprach Lenchen: »Fundevogel, verläßt du mich nicht, so verlaß' ich dich auch nicht.« Da sprach der Fundevogel: »Nun und nimmermehr.« Sprach Lenchen: »Werde zum Teich und ich die Ente drauf.« Die Köchin aber kam herzu, und als sie den Teich sah, legte sie sich drüber hin und wollte ihn aussaufen. Aber die Ente kam schnell geschwommen, faßte sie mit ihrem Schnabel beim Kopf und zog sie ins Wasser hinein. Da gingen die Kinder zusammen nach Haus und waren herzlich froh; und wenn sie nicht gestorben sind, leben sie noch.

Der arme Junge im Grab

Es war einmal ein armer Hirtenjunge, dem war Vater und Mutter gestorben, und er war von der Obrigkeit einem reichen Mann in das Haus gegeben, der sollte ihn ernähren und erziehen. Der Mann aber und seine Frau hatten ein böses Herz, waren bei allem Reichtum geizig und mißgünstig und ärgerten sich, wenn jemand einen Bissen von ihrem Brot in den Mund steckte. Der arme Junge mochte tun, was er wollte: er erhielt wenig zu essen, aber desto mehr Schläge.
Eines Tages sollte er die Glucke mit ihren Küchlein hüten. Sie verlief sich aber mit ihren Jungen durch einen Heckenzaun: gleich schoß der Habicht herab und entführte sie durch die Lüfte. Der Junge schrie aus Leibeskräften: »Dieb, Dieb, Spitzbub!« Aber was half das? Der Habicht brachte seinen Raub nicht wieder zurück. Der Mann hörte den Lärm, lief herbei, und als er vernahm, daß seine Henne weg war, so geriet er in Wut und gab dem Jungen eine solche Tracht Schläge, daß

er sich ein paar Tage lang nicht regen konnte. Nun mußte er die Küchlein ohne die Henne hüten, aber da war die Not noch größer, das eine lief dahin, das andere dorthin. Da meinte er, es klug zu machen, wenn er sie alle zusammen an eine Schnur bände, weil ihm dann der Habicht keines wegstehlen könnte. Aber weit gefehlt. Nach ein paar Tagen, als er von dem Herumlaufen und vom Hunger ermüdet einschlief, kam der Raubvogel und packte eins von den Küchlein, und da die andern daran festhingen, so trug er sie alle mit fort, setzte sich auf einen Baum und schluckte sie hinunter. Der Bauer kam eben nach Haus, und als er das Unglück sah, erboste er sich und schlug den Jungen so unbarmherzig, daß er mehrere Tage im Bette liegen mußte.

Als er wieder auf den Beinen war, sprach der Bauer zu ihm: »Du bist mir zu dumm, ich kann dich zum Hüter nicht brauchen, du sollst als Bote gehen.« Da schickte er ihn zum Richter, dem er einen Korb voll Trauben bringen sollte, und gab ihm noch einen Brief mit. Unterwegs plagte Hunger und Durst den armen Jungen so heftig, daß er zwei von den Trauben aß. Er brachte dem Richter den Korb, als dieser aber den Brief gelesen und die Trauben gezählt hatte, so sagte er: »Es fehlen zwei Stück.« Der Junge gestand ganz ehrlich, daß er, von Hunger und Durst getrieben, die fehlenden verzehrt habe. Der Richter schrieb einen Brief an den Bauer und verlangte noch einmal so viel Trauben. Auch diese mußte der Junge mit einem Brief hintragen. Als ihn wieder so gewaltig hungerte und durstete, so konnte er sich nicht anders helfen, er verzehrte abermals zwei Trauben. Doch nahm er vorher den Brief aus dem Korb, legte ihn unter einen Stein und setzte sich darauf, damit der Brief nicht zusehen und ihn verraten könnte. Der Richter aber stellte ihn doch der fehlenden Stücke wegen zur Rede. »Ach«, sagte der Junge, »wie habt Ihr das erfahren? Der Brief konnte es nicht wissen; denn ich hatte ihn zuvor unter einen Stein gelegt.« Der Richter mußte über die Einfalt lachen und schickte dem Mann einen Brief, worin er ihn ermahnte, den armen Jungen besser zu halten und es ihm an Speis' und

Trank nicht fehlen zu lassen; auch möchte er ihn lehren, was recht und unrecht sei.

»Ich will dir den Unterschied schon zeigen«, sagte der harte Mann; »willst du aber essen, so mußt du auch arbeiten, und tust du etwas Unrechtes, so sollst du durch Schläge hinlänglich belehrt werden.« Am folgenden Tag stellte er ihn an eine schwere Arbeit. Er sollte ein paar Bund Stroh zum Futter für die Pferde schneiden; dabei drohte der Mann: »In fünf Stunden«, sprach er, »bin ich wieder zurück, wenn dann das Stroh nicht zu Häcksel geschnitten ist, so schlage ich dich so lange, bis du kein Glied mehr regen kannst.« Der Bauer ging mit seiner Frau, dem Knecht und der Magd auf den Jahrmarkt und ließ dem Jungen nichts zurück als ein kleines Stück Brot. Der Junge stellte sich an den Strohstuhl und fing an, aus allen Leibeskräften zu arbeiten. Da ihm dabei heiß ward, so zog er sein Röcklein aus und warf's auf das Stroh. In der Angst, nicht fertig zu werden, schnitt er immer zu, und in seinem Eifer zerschnitt er unvermerkt mit dem Stroh auch sein Röcklein. Zu spät ward er das Unglück gewahr, das sich nicht wieder gutmachen ließ. »Ach«, rief er, »jetzt ist es aus mit mir. Der böse Mann hat mir nicht umsonst gedroht, kommt er zurück und sieht, was ich getan habe, so schlägt er mich tot. Lieber will ich mir selbst das Leben nehmen.«

Der Junge hatte einmal gehört, wie die Bäuerin sprach: »Unter dem Bett habe ich einen Topf mit Gift stehen.« Sie hatte es aber nur gesagt, um die Näscher zurückzuhalten; denn es war Honig darin. Der Junge kroch unter das Bett, holte den Topf hervor und aß ihn ganz aus. »Ich weiß nicht«, sprach er, »die Leute sagen, der Tod sei bitter: mir schmeckt er süß. Kein Wunder, daß die Bäuerin sich so oft den Tod wünscht.« Er setzte sich auf ein Stühlchen und war gefaßt zu sterben. Aber, statt daß er schwächer werden sollte, fühlte er sich von der nahrhaften Speise gestärkt. »Es muß kein Gift gewesen sein«, sagte er, »aber der Bauer hat einmal gesagt, in seinem Kleiderkasten läge ein Fläschchen mit Fliegengift, das wird wohl das wahre Gift sein und mir den Tod bringen.« Es war aber kein Fliegengift, sondern Ungarwein. Der Junge holte die Flasche heraus und trank sie aus. »Auch dieser Tod schmeckt süß«, sagte er, doch als bald hernach der Wein anfing, ihm ins Gehirn zu steigen und ihn zu betäuben, so meinte er, sein Ende nahte sich heran. »Ich fühle, daß ich sterben muß«, sprach er, »ich will hinaus auf den Kirchhof gehen und ein Grab suchen.« Er taumelte fort, erreichte den Kirchhof und legte sich in ein frisch geöffnetes Grab. Die Sinne verschwanden ihm immer mehr. In der Nähe stand ein Wirtshaus, wo eine Hochzeit gefeiert wurde: als er die Musik hörte, deuchte er sich, schon im

Paradies zu sein, bis er endlich alle Besinnung verlor. Der arme Junge erwachte nicht wieder, die Glut des heißen Weins und der kalte Tau der Nacht nahmen ihm das Leben, und er verblieb in dem Grab, in das er sich selbst gelegt hatte.

Als der Bauer die Nachricht von dem Tod des Jungen erhielt, erschrak er und fürchtete, vor das Gericht geführt zu werden: ja, die Angst faßte ihn so gewaltig, daß er ohnmächtig zur Erde sank. Die Frau, die mit einer Pfanne voll Schmalz am Herde stand, lief herzu, um ihm Beistand zu leisten. Aber das Feuer schlug in die Pfanne, ergriff das ganze Haus, und nach wenigen Stunden lag es schon in Asche. Die Jahre, die sie noch zu leben hatten, brachten sie, von Gewissensbissen geplagt, in Armut und Elend zu.

Der alte Zauberer und seine Kinder

Es lebte einmal ein böser Zauberer, der hatte vorlängst zwei zarte Kinder geraubt, einen Knaben und ein Mägdlein, mit denen er in einer Höhle ganz einsam und einsiedlerisch hauste. Diese Kinder hatte er, Gott sei's geklagt, dem Bösen zugeschworen, und seine schlimme Kunst übte er aus einem Zauberbuche, das er als seinen besten Schatz verwahrte.

Wenn es nun aber geschah, daß der alte Zauberer sich aus seiner Höhle entfernte, und die Kinder allein in derselben zurückblieben, so lasen sie, als sie den Ort erspäht hatten, wohin der Alte das Zauberbuch verbarg, in dem Buche, und lernten daraus gar manchen Spruch und manche Formel der Schwarzkunst, und lernten selbst ganz trefflich zaubern. Weil nun der Alte die Kinder nur selten aus der Höhle ließ, und sie gefangenhalten wollte bis zu dem Tage, wo sie dem Bösen zum Opfer fallen sollten, so sehnten sie sich um so mehr von dannen, berieten miteinander, wie sie heimlich entfliehen wollten, und eines Tages, als der Zauberer die Höhle sehr zeitig verlassen hatte, sprachen sie: »Jetzt ist es Zeit! Der böse Mann,

der uns so hart gefangenhält, ist fort, so wollen wir uns jetzt aufmachen und von dannen gehen, soweit uns unsere Füße tragen!« Dies taten die Kinder, gingen fort und wanderten den ganzen Tag.

Als es nun gegen den Nachmittag kam, war der Zauberer nach Hause zurückgekehrt und hatte sogleich die Kinder vermißt. Alsobald schlug er sein Zauberbuch auf und las darin, nach welcher Gegend die Kinder gegangen waren, da hatte er sie wirklich fast eingeholt; die Kinder vernahmen schon seine zornig brüllende Stimme.

Da wandten sie eine Zauberkunst an, die sie gelernt hatten aus dem Buche; sie sprachen einen Spruch, und alsbald wurde das Mägdlein zu einem Fisch, und der Knabe wurde ein großer Teich, in welchem das Fischlein munter herumschwamm.

Wie der Alte an den Teich kam, merkte er wohl, daß er betrogen war, und brummte ärgerlich: »Wartet nur, wartet nur, euch fange ich doch!« und lief spornstreichs nach seiner Höhle zurück, Netze zu holen, und den Fisch darin zu fangen. Wie er aber von hinnen war, wurden aus dem Teich und Fisch wieder Bruder und Schwester, die bargen sich gut und schliefen aus, und am andern Morgen wanderten sie weiter, und wanderten wieder einen ganzen Tag.

Als der böse Zauberer mit seinen Netzen an die Stelle kam, die er sich wohl gemerkt hatte, war kein Teich mehr zu sehen, sondern es lag eine grüne Wiese da, in der es wohl Frösche, aber keine Fische zu fangen gab; da wurde er noch zorniger als zuvor, warf seine Netze hin, und verfolgte weiter die Spur der Kinder, die ihm nicht entging, denn er trug eine Zaubergerte in der Hand, welche ihm den richtigen Weg zeigte.

Und als es Abend war, hatte er die wandernden Kinder beinahe wieder eingeholt; sie hörten ihn schon schnauben und brüllen.

Da sprachen sie wiederum einen Zauberspruch, den sie aus dem Buche gelernt, und da ward aus dem Knaben eine Kapelle am Weg, und aus dem Mägdlein ein schönes Altarbild in der Kapelle.

Wie nun der Zauberer an die Kapelle kam, merkte er wohl, daß er abermals geäfft war, und lief fürchterlich brüllend um dieselbe herum; er durfte sie aber nicht betreten, weil das immer im Pakt der Zauberer mit dem Bösen stand, daß sie niemals eine Kirche oder eine Kapelle betreten durften.

»Darf ich dich auch nicht betreten, so will ich dich doch mit Feuer anstoßen, und auch zu Asche brennen!« schrie der Zauberer und rannte fort, sich aus seiner Höhle Feuer zu holen.

Während er nun fast die ganze Nacht hindurch rannte, wurden aus der Kapelle und dem schönen Altarbild wieder Bruder und Schwester; sie bargen sich und schliefen, und am dritten Morgen wanderten sie weiter und wanderten den ganzen Tag, während der Zauberer, der einen weiten Weg hatte, ihnen aufs neue nachsetzte. Als er mit seinem Feuer dahin kam, wo die Kapelle gestanden, stieß er mit der Nase an einen großen Steinfelsen, der sich nicht mit Feuer anstoßen und zu Asche verbrennen ließ, und dann rannte er mit wütenden Sprüngen auf der Spur der Kinder weiter fort.

Gegen Abend war er ihnen nun zum drittenmal ganz nahe, aber sie sprachen wieder einen Zauberspruch, den sie aus dem Buche gelernt, da ward er eine harte Tenne, darauf die Leute dreschen, und sein Schwesterlein war in ein Körnlein verwandelt, das wie verloren auf der Tenne lag.

Als der böse Zauberer herankam, sah er wohl, daß er zum drittenmal geäfft war, besann sich aber diesmal nicht lange, lief auch nicht erst wieder nach Hause, sondern sprach auch einen Spruch, den er aus dem Zauberbuche gelernt hatte; da ward er in einen schwarzen Hahn verwandelt, der schnell auf das Gerstenkorn zulief, um es aufzupicken; aber sie sprachen noch einmal einen Zauberspruch, den sie aus dem Buche gelernt, da wurde er schnell ein Fuchs, packte den schwarzen Hahn, ehe er noch das Gerstenkorn aufgepickt hatte, und biß ihm den Kopf ab, da hatte der Zauberer, wie dies Märlein, gleich ein Ende.

Mann und Frau im Essigkrug

Es war einmal ein Mann und eine Frau, die haben lange lange miteinander in einem Essigkruge gewohnt. Am Ende sind sie's überdrüssig geworden, und der Mann hat zu der Frau gesagt: »Du bist schuld daran, daß wir in dem sauern Essigkrug leben müssen, wären wir nur nicht da!« Die Frau hat aber gesagt: »Nein, du bist schuld daran.« Und da haben sie angefangen, miteinander zu kippeln und zu zanken, und ist eins dem andern in dem Essigkrug nachgelaufen. Da ist gerade ein goldiges Vögelein an den Essigkrug gekommen, dies hat gesagt: »Was habt ihr denn nur so miteinander?« – »Ei«, hat die Frau gesagt: »wir sind's Essigkrügel überdrüssig, und möchten auch einmal wohnen wie andere Leute, hernach wollen wir gern zufrieden sein.« Da hat sie das goldene Vögelein aus dem Essigkrug herausgelassen, hat sie an ein neues Häuschen geführt, wo hinten ein zierliches Gärtchen gewesen ist, und hat zu ihnen gesagt: »Dies ist jetzt euer! Lebt jetzt einig und zufrieden untereinander, und wenn ihr mich braucht, so dürft ihr nur dreimal in die Hände klatschen und rufen:

›Goldvögelein im Sonnenstrahl!
Goldvögelein im Demantsaal!
Goldvögelein überall!‹

so bin ich da.«
Damit flog das Goldvögelein fort und der Mann und die Frau waren froh, daß sie nicht mehr in dem saueren Essigkrug wohnten, und freuten sich über ihr nettes Häuschen und grünes Gärtchen. Das dauerte aber nur eine Weile, denn wie sie nun ein paar Wochen in dem Häuschen gewohnt hatten, und in der Nachbarschaft herumgekommen waren, da hatten sie die großen stattlichen Bauernhöfe gesehen, mit großen Stallungen, Gärten, Äckern, vielem Gesinde und Vieh. Und da hat es

ihnen schon wieder nicht mehr gefallen in ihrem winzigen Häuslein, und sind's ganz überdrüssig geworden, und an einem schönen Morgen haben sie alle zwei fast zu gleicher Zeit in die Hände geklatscht und haben gerufen:

>>Goldvögelein im Sonnenstrahl!
Goldvögelein im Demantsaal!
Goldvögelein überall!<<

Witsch, da ist das goldige Vöglein zum Fenster hereingeflogen gekommen, und hat sie gefragt, was sie denn schon wieder wollten?

>>Ach<<, haben sie gesagt: >>das Häuslein ist doch gar zu klein, wenn wir nur auch so einen großen prächtigen Bauernhof hätten, hernach wollten wir zufrieden sein.<< Das goldige Vöglein blinzelte ein wenig mit seinem Guckäugelein, sagte aber nichts, und führte den Mann und die Frau an einen großen prächtigen Bauernhof, wo viele Äcker daran waren, und Stallungen mit Vieh, und Knechten und Mägden, und hat ihnen alles geschenkt.

Der Mann und die Frau sprangen deckenhoch, und konnten sich vor Freuden gar nicht lassen. Und jetzt sind sie ein ganzes Jahr lang zufrieden und fröhlich gewesen und haben sich gar nichts Besseres denken können. Aber länger hat's auch nicht gedauert, keinen Tag, denn weil sie jetzt manchmal in die Stadt gefahren sind, haben sie die schönen großen Häuser und die schöngeputzten Herren und Madamen sehen spazieren gehn, da haben sie gedacht: Ei, in der Stadt muß es aber herrlich sein, und da braucht man nicht viel zu tun und zu arbeiten; und die Frau hat sich gar nicht können satt sehen an dem Staat und dem Wohlleben und hat zu ihrem Mann gesagt: »Wir wollen auch in die Stadt, ruf du dem goldigen Vöglein! Wir sind nun schon lange genug auf dem Bauernhof.« Der Mann hat aber gesagt: »Frau, ruf du ihm!« – Endlich hat die Frau dreimal in die Hände geklatscht und hat gerufen:

»Goldvögelein im Sonnenstrahl!
Goldvögelein im Demantsaal!
Goldvögelein überall!«

Da ist das goldige Vöglein wieder zum Fenster hereingeflogen, und hat gesagt: »Was wollet ihr nur von mir?« – »Ach«, hat die Frau gesagt, »wir sind das Bauernleben müde, wir möchten auch gern Stadtleute sein, und schöne Kleider haben, und in so einem großen prächtigen Haus wohnen, hernach wollen wir zufrieden sein.« Das goldne Vöglein hat wieder mit seinen Guckäugelein geblinzelt, hat aber nichts gesagt, und hat sie in das schönste Haus in der Stadt geführt, da war alles raritätisch aufgeputzt, und waren Schränke darin und Kommoden, da hingen und lagen Kleider drinnen nach der neuesten Mode. Jetzt haben der Mann und die Frau gemeint, es gibt auf der Welt nichts Besseres und Schöneres, und waren vor lauter Freude außer sich.

Das hat aber leider wieder nicht lange gedauert, so hatten sie es wieder satt, und sprachen zueinander: »Wenn wir's nur so hätten wie die Edelleute! Die wohnen in herrlichen Palästen und Schlössern, und haben Kutschen und Pferde, und Bediente mit goldbordierten Röcken stehen auf den Kutschen. Ja, das

wär erst etwas Rechtes; so ist's doch nur eine armselige
Lumperei.« Und die Frau hat gesagt: »Jetzt ist's an dir, dem
goldigen Vögelein zu rufen.« Der Mann hat dreimal in die
Hände geklatscht und gerufen:

> »Goldvögelein im Sonnenstrahl!
> Goldvögelein im Demantsaal!
> Goldvögelein überall!«

Da ist das goldene Vöglein wieder zum Fenster hereingeflogen
und hat gefragt: »Was wollt ihr nur von mir?« Da sagte der
Mann: »Wir möchten gern Edelleute werden, hernach wollen
wir zufrieden sein.« Da hat aber das goldene Vöglein gar arg
mit den Äuglein geblinzelt, und hat gesagt: »Ihr unzufriednen
Leute! Werdet ihr denn nicht einmal genug haben? Ich will
euch auch zu Edelleuten machen, es ist euch aber nichts nutz!«
und hat ihnen gleich ein schönes Schloß geschenkt, Kutschen
und Pferde und eine zahlreiche Bedienung. – Jetzt sind sie nun
Edelleute gewesen, und sind alle Tage spazierengefahren, und
haben an nichts mehr gedacht, als wie sie die Tage herum-
bringen wollten in Freuden und mit Nichtstun, außer daß sie die
Zeitungen gelesen haben.
Einmal sind sie in die Hauptstadt gefahren, ein großes Fest zu
sehen. Da sind der König und die Königin in ihrer ganz
vergoldeten Kutsche gesessen, in goldgestickten Kleidern, und
vorn und hinten und auf beiden Seiten sind Marschälle, Hofleute, Edelknaben und Soldaten geritten, und alle Leute haben die
Hüte und Taschentücher geschwenkt, wo der König und die
Königin vorbeigefahren sind. Ach wie hat da dem Manne und
der Frau vor Ungeduld das Herz geklopft! Kaum waren sie
wieder nach Hause, so sprachen sie: »Jetzt wollen wir noch
König und Königin werden, hernach wollen wir aber einhal-
ten.« Und da haben sie wieder alle zwei miteinander in die
Hände geklatscht, und haben gerufen, was sie nur rufen
konnten:

> »Goldvögelein im Sonnenstrahl!
> Goldvögelein im Demantsaal!
> Goldvögelein überall!«

Da ist das goldne Vöglein wieder zum Fenster hereingeflogen, und hat gefragt: »Was wollt ihr nur von mir?« Da haben sie beide geantwortet: »Wir möchten gern König und Königin sein.« Da hat aber das Vöglein ganz schrecklich mit den Augen geblinzelt, hat alle Federchen gesträubt, hat mit den Flügeln geschlagen und hat gesagt: »Ihr wüsten Leute, wann werdet ihr denn einmal genug haben? Ich will euch auch noch zum König und zur Königin machen, aber dabei wird's doch nicht bleiben sollen, denn ihr habt nimmermehr genug!«

Jetzt sind sie nun König und Königin gewesen, und haben übers ganze Land zu gebieten gehabt, haben sich einen großen Hofstaat gehalten und ihre Minister und Hofleute haben müssen auf die Knie niederfallen, wenn sie eines von ihnen ansichtig wurden. Auch haben sie nach und nach alle Beamten im ganzen Lande vor sich kommen lassen, und ihnen vom Thron herab ihre strengsten Befehle erteilt. Und was es nur Teures und Prächtiges in aller Herren Länder gab, das mußte herbeigeschafft werden, daß ein Glanz und ein Reichtum sie umgab, der unbeschreiblich ist. Und doch sind sie jetzt noch nicht zufrieden gewesen, und sagten immer: »Wir müssen noch etwas mehr werden!« Da sprach die Frau: »Werden wir Kaiser und Kaiserin.« – »Nein!« sagte der Mann. »Wir wollen Papst werden!« – »Hoho! Das ist alles nicht genug!« schrie die Frau in ihrem Eifer. »Wir wollen lieber Herrgott sein!«

Kaum aber hatte sie dies Wort ausgeredet, so ist ein mächtiger Sturmwind gekommen, und ein großer schwarzer Vogel mit funkelnden Augen, die wie Feuerräder rollten, ist zum Fenster hereingeflogen, und hat gerufen, daß alles erzitterte: *»Daß ihr versauern müßt im Essigkrug!«*

Pautz, und da war alle Herrlichkeit zum Kuckuck, und da saßen sie alle beide, der Mann und die Frau, wieder in ihrem engen Essigkrug drin; da sitzen sie noch und können drin bleiben bis an den jüngsten Tag.

Das ist eine Lehre für solche, die nie genug bekommen können.

Heinz und Trine

Heinz war faul, und obgleich er weiter nichts zu tun hatte, als seine Ziege täglich auf die Weide zu treiben, so seufzte er dennoch, wenn er nach vollbrachtem Tagewerk abends nach Hause kam. »Es ist in Wahrheit eine schwere Last«, sagte er, »und ein mühseliges Geschäft, so eine Ziege jahraus, jahrein bis in den späten Herbst ins Feld zu treiben. Und wenn man sich noch dabei hinlegen und schlafen könnte! Aber nein, da muß man die Augen auf haben, damit sie die jungen Bäume nicht beschädigt, durch die Hecke in einen Garten dringt oder gar davonläuft. Wie soll da einer zur Ruhe kommen und seines Lebens froh werden!« Er setzte sich, sammelte seine Gedanken und überlegte, wie er seine Schultern von dieser Bürde freimachen könnte. Lange war alles Nachsinnen vergeblich, plötzlich fiel's ihm wie Schuppen von den Augen. »Ich weiß, was ich tue«, rief er aus, »ich heirate die dicke Trine, die hat auch eine Ziege und kann meine mit austreiben, so brauche ich mich nicht länger zu quälen.«

Heinz erhob sich also, setzte seine müden Glieder in Bewegung, ging quer über die Straße; denn weiter war der Weg nicht, wo die Eltern der dicken Trine wohnten, und hielt um ihre arbeitsame und tugendreiche Tochter an. Die Eltern besannen sich nicht lange: »Gleich und gleich gesellt sich gern«, meinten sie und willigten ein. Nun ward die dicke Trine Heinzens Frau und trieb die beiden Ziegen aus. Heinz hatte gute Tage und brauchte sich von keiner andern Arbeit zu erholen als von seiner eigenen Faulheit. Nur dann und wann ging er mit hinaus und sagte: »Es geschieht bloß, damit mir die Ruhe hernach desto besser schmeckt: man verliert sonst alles Gefühl dafür.«

Aber die dicke Trine war nicht minder faul. »Lieber Heinz«, sprach sie eines Tages, »warum sollen wir uns das Leben ohne Not sauer machen und unsere beste Jugendzeit verkümmern? Ist es nicht besser, wir geben die beiden Ziegen, die jeden Morgen einen mit ihrem Meckern im besten Schlafe stören, unserm Nachbar, und der gibt uns einen Bienenstock dafür? Den Bienenstock stellen wir an einen sonnigen Platz hinter das Haus und bekümmern uns weiter nicht darum. Die Bienen brauchen nicht gehütet und nicht ins Feld getrieben zu werden; sie fliegen aus, finden den Weg nach Haus von selbst wieder und sammeln Honig, ohne daß es uns die geringste Mühe macht.« – »Du hast wie eine verständige Frau gesprochen«, antwortete Heinz, »deinen Vorschlag wollen wir ohne Zaudern ausführen: außerdem schmeckt und nährt Honig besser als die Ziegenmilch und läßt sich auch länger aufbewahren.«

Der Nachbar gab für die beiden Ziegen gerne einen Bienenstock. Die Bienen flogen unermüdlich vom frühen Morgen bis zum späten Abend aus und ein und füllten den Stock mit dem schönsten Honig, so daß Heinz im Herbst einen ganzen Krug voll herausnehmen konnte.

Sie stellten den Krug auf ein Brett, das oben an der Wand in ihrer Schlafkammer befestigt war, und weil sie fürchteten, er könnte ihnen gestohlen werden, oder die Mäuse könnten darüber geraten, so holte Trine einen starken Haselstock herbei und legte ihn neben ihr Bett, damit sie ihn, ohne unnötigerweise aufzustehen, mit der Hand erreichen und die ungebetenen Gäste von dem Bette aus verjagen könnte.

Der faule Heinz verließ das Bett nicht gerne vor Mittag: »Wer früh aufsteht«, sprach er, »sein Gut verzehrt.« Eines Morgens, als er so am hellen Tage noch in den Federn lag und von dem langen Schlaf ausruhte, sprach er zu seiner Frau: »Die Weiber lieben die Süßigkeit, und du naschest von dem Honig, es ist besser, ehe er von dir allein ausgegessen wird, daß wir dafür eine Gans mit einem jungen Gänslein erhandeln.« – »Aber nicht eher«, erwiderte Trine, »als bis wir ein Kind haben, das sie hütet. Soll ich mich etwa mit den jungen Gänsen plagen und meine Kräfte dabei unnötigerweise zusetzen?« – »Meinst du«, sagte Heinz, »das Kind werde Gänse hüten? Heutzutage gehorchen die Kinder nicht mehr: sie tun nach ihrem eigenen Willen, weil sie sich klüger dünken als die Eltern, gerade wie jener Knecht, der die Kuh suchen sollte und drei Amseln nachjagte.« – »Oh«, antwortete Trine, »dem soll es schlecht bekommen, wenn es nicht tut, was ich sage. Einen Stock will ich nehmen und mit ungezählten Schlägen ihm die Haut gerben. Siehst du, Heinz«, rief sie in ihrem Eifer und faßte den Stock, mit dem sie die Mäuse verjagen wollte, »siehst du, so will ich auf es losschlagen.« Sie holte aus, traf aber unglücklicherweise den Honigkrug über dem Bette. Der Krug sprang wider die Wand und fiel in Scherben herab, und der schöne Honig floß auf den Boden. »Da liegt nun die Gans mit dem jungen Gänslein«, sagte Heinz, »und braucht nicht gehütet zu werden. Aber ein Glück ist es, daß mir der Krug nicht auf den Kopf gefallen ist, wir haben alle Ursache, mit unserm Schicksal zufrieden zu sein.« Und da er in einer Scherbe noch etwas Honig bemerkte, so langte er danach und sprach ganz vergnügt: »Das Restchen, Frau, wollen wir uns noch schmecken lassen und dann nach dem gehabten Schrecken ein wenig ausruhen; was tut's, wenn wir etwas später als gewöhnlich aufstehen, der Tag ist doch noch lang genug.« – »Ja«, antwortete Trine, »man kommt immer noch zu rechter Zeit. Weißt du, die Schnecke war einmal zur Hochzeit eingeladen, machte sich auf den Weg, kam aber zur Kindtaufe. Vor dem Haus stürzte sie noch über den Zaun und sagte: ›Eilen tut nicht gut.‹«

Der undankbare Sohn

Es saß einmal ein Mann mit seiner Frau vor der Haustür, und sie hatten ein gebraten Huhn vor sich stehen und wollten das zusammen verzehren. Da sah der Mann, wie sein alter Vater daherkam, geschwind nahm er das Huhn und versteckte es, weil er ihm nichts davon gönnte. Der Alte kam, tat einen Trunk und ging fort. Nun wollte der Sohn das gebratene Huhn wieder auf den Tisch tragen, aber als er danach griff, war es eine große Kröte geworden, die sprang ihm ins Angesicht und saß da und ging nicht wieder weg; und wenn sie jemand wegtun wollte, sah sie ihn giftig an, als wollte sie ihm ins Gesicht springen, so daß keiner sie anzurühren getraute. Und die Kröte mußte der undankbare Sohn alle Tage füttern, sonst fraß sie ihm aus seinem Angesicht; und also ging er ohne Ruhe in der Welt hin und her.

Der gestohlene Heller

Es saß einmal ein Vater mit seiner Frau und seinen Kindern mittags am Tisch, und ein guter Freund, der zum Besuch gekommen war, aß mit ihnen. Und wie sie so saßen, und es zwölf Uhr schlug, da sah der Fremde die Tür aufgehen und ein schneeweiß gekleidetes ganz blasses Kindlein hereinkommen. Es blickte sich nicht um und sprach auch nichts, sondern ging geradezu in die Kammer nebenan. Bald darauf kam es zurück und ging ebenso still wieder zur Türe hinaus. Am zweiten und am dritten Tag kam es auf ebendiese Weise. Da fragte endlich der Fremde den Vater, wem das schöne Kind gehörte, das alle Mittag in die Kammer ginge. »Ich habe es nicht gesehen«, antwortete er, »und wüßte auch nicht, wem es gehören könnte.« Am andern Tage, wie es wieder kam, zeigte es der Fremde dem Vater, der sah es aber nicht, und die Mutter und die Kinder alle sahen auch nichts. Nun stand der Fremde auf, ging zur Kammertüre, öffnete sie ein wenig und schaute hinein. Da sah er das Kind auf der Erde sitzen und emsig mit den Fingern in den Dielenritzen graben und wühlen; wie es aber den Fremden bemerkte, verschwand es. Nun erzählte er, was er gesehen hatte, und beschrieb das Kind genau, da erkannte es die Mutter und sagte: »Ach, das ist mein liebes Kind, das vor vier Wochen gestorben ist.« Sie brachen die Dielen auf und fanden zwei Heller, die hatte einmal das Kind von der Mutter erhalten, um sie einem armen Manne zu geben, es hatte aber gedacht: »Dafür kannst du dir einen Zwieback kaufen«, die Heller behalten und in die Dielenritzen versteckt; und da hatte es im Grabe keine Ruhe gehabt und war alle Mittage gekommen, um nach den Hellern zu suchen. Die Eltern gaben darauf das Geld einem Armen, und nachher ist das Kind nicht wieder gesehen worden.

Der alte Großvater und der Enkel

Es war einmal ein steinalter Mann, dem waren die Augen trüb geworden, die Ohren taub, und die Knie zitterten ihm. Wenn er nun bei Tische saß und den Löffel kaum halten konnte, schüttete er Suppe auf das Tischtuch, und es floß ihm auch etwas wieder aus dem Mund. Sein Sohn und dessen Frau ekelten sich davor, und deswegen mußte sich der alte Großvater endlich hinter den Ofen in die Ecke setzen, und sie gaben ihm sein Essen in ein irdenes Schüsselchen und noch dazu nicht einmal satt; da sah er betrübt nach dem Tisch, und die Augen wurden ihm naß. Einmal auch konnten seine zitterigen Hände das Schüsselchen nicht festhalten, es fiel zur Erde und zerbrach. Die junge Frau schalt, er sagte aber nichts und seufzte nur. Da kaufte sie ihm ein hölzernes Schüsselchen für ein paar Heller, daraus mußte er nun essen. Wie sie da so sitzen, so trägt der kleine Enkel von vier Jahren auf der Erde kleine Brettlein zusammen. »Was machst du da?« fragte der Vater. »Ich mache ein Tröglein«, antwortete das Kind, »daraus sollen Vater und Mutter essen, wenn ich groß bin.« Da sahen sich Mann und Frau eine Weile an, fingen endlich an zu weinen, holten alsofort den alten Großvater an den Tisch und ließen ihn von nun an immer mit essen, sagten auch nichts, wenn er ein wenig verschüttete.

Vom blutroten Messer und steinharten Brot

Es war einmal eine arme Witwe, die hatte sechs unmündige Kinder, und als einst im Frühling ein böses Fieber kam und erst die Kinder und danach auch die Mutter niederwarf, da war es, als sollten sie verhungern. In dieser schrecklichen Not raffte die Mutter sich auf, schleppte sich zu einer reichen Frau, die gerade gegenüber wohnte, und bat um ein wenig Brot.
Diese aber wies sie schnöde ab und entgegnete: »Ich gäbe dir wohl was; doch mein Messer ist so rot wie Blut, und mein Brot ist so hart wie Stein.«
Die unglückliche Mutter entsetzte sich, wankte traurig aus der Tür und fiel wie tot auf der Schwelle nieder. Bald aber erholte sie sich; denn ein altes Mütterchen kam an einer Krücke herbeigehinkt, flößte ihr einige Tropfen Wein ein, tunkte etwas Brot in Wein, reichte es der Witwe und brachte sie so ins Leben zurück.

Hierauf fragte das alte Mütterchen: »Was fehlt dir? Was weinst du?« Die Witwe erzählte ihr die Geschichte, und nun hob das Mütterchen den krummen Zeigefinger gegen die reiche Frau auf und murmelte: »Dein Messer so rot wie Blut! Dein Brot so hart wie Stein!« Als nun aber die Witwe ihrer armen Würmlein gedachte, da weinte sie von neuem; das alte Mütterchen jedoch tröstete sie und sagte: »Was tot ist, das ist wohl versorgt; was noch lebt, das soll nicht sterben.« Und sie gingen zusammen in die Höhle des Jammers, und fünf Kinder wurden wieder lebendig, als das Mütterchen ihnen Wein einflößte, und das sechste lag da und lächelte, denn dies sechste – ja, das war nicht mehr zu retten.

Um die Frühstückszeit ging die reiche Frau in die Speisekammer, um sich Brot zu schneiden; aber das Messer war so rot wie Blut und das Brot so hart wie Stein. Sie nahm ein anderes Messer und ein anderes Brot; aber das Messer war so rot wie Blut und das Brot so hart wie Stein. In höchster Angst rief sie einen Diener herbei, und in dessen Hand war das Messer so blank wie Eis, und das Brot so weich wie Brot; doch als die Frau das Butterbrot essen wollte, da war es in ihrem Mund so hart wie Stein. Und alle Speisen, die sie von der Zeit an über die Lippen brachte, es mochten Brot oder Fleisch oder Gemüse sein, war in ihrem Mund so hart wie Stein; und als sie elendiglich verhungert war,

da lächelte sie nicht auf dem Totenbett, denn sie war nicht bei Gott, sondern mußte alle Nacht umgehen; und sie hatte nicht eher Ruhe im Grab, als bis der eine von ihren Erben der armen Witwe so viel von der Erbschaft gab, daß sie mit ihren Kindern zu leben hatte bis an ihren Tod.

Das Leben am seidenen Faden

Einstmals gruben zwei Mädchen in einem Garten, als die eine von ihnen plötzlich eine dicke, unförmliche Kröte herausgrub; vor der entsetzte sie sich so, daß sie ihr sogleich mit ihrem Spaten den Kopf abstoßen wollte. Die andere aber war ein mitleidiges Geschöpf und sagte: »Laß doch das arme Tier leben, das hat Gott auch geschaffen, und der ihm das Leben verliehen hat, soll es auch allein wieder nehmen.«
Die Erste aber war ein rüdes Ding und verlachte sie, aber die ließ nicht nach mit Zureden und Bitten, bis die Erste endlich nachgab und das Tier leben ließ.
Nicht lange danach kam eines Tages ein kleines Männchen zu den beiden Mädchen in die Küche, das trug einen grauen Rock mit großen Talerknöpfen und einen Hut mit einer breiten Krempe; als es sich freundlich verneigt hatte, gab es ihnen einen Brief, in dem sie zum Kindtaufen bei den Unterirdischen eingeladen wurden. Es sagte ihnen zugleich, hier unter dem Feuerherde sei eine Öffnung, die würde sich am nächsten Sonntag auftun, da sollten sie nur hinuntersteigen, und als das Männchen das gesagt hatte, war es verschwunden.
Nun wußten die beiden Mädchen nicht, sollten sie gehn oder bleiben, und gingen darauf zum Pastor, um sich von ihm Rat zu erbitten. Dieser fand durchaus nichts Bedenkliches dabei, ermahnte sie im Gegenteil, einen solchen Liebesdienst niemandem zu verweigern.
Da kam der Sonntag heran, und als es zwölf Uhr schlug, öffnete sich eine Tür unter dem Feuerherd, die Mädchen traten in

ihrem Sonntagsputz mit schönen weißen Schürzen hinein und wurden sogleich von zwei braunen Männchen empfangen, mit denen sie eine prächtige Treppe hinabstiegen. Endlich gelangten sie in einen großen, hell erleuchteten Saal, in dem die Unterirdischen bereits alle versammelt waren, und als sie alle begrüßt hatten, trat der Pastor hervor und vollzog an dem neugebornen Kind, das kaum eine Hand groß war, die Taufe. Darauf ging man zum Mahle, und alle nahmen an der reich gedeckten Tafel Platz, den beiden Mädchen aber wurde ihr Platz neben der Wöchnerin angewiesen, und da ließen sie sich's denn auch schmecken.

Als sie aber eine Weile so gesessen hatten, schlug die rüdere der beiden so von ungefähr die Augen auf und bemerkte zu ihrem nicht geringen Schrecken, daß gerade über ihrem Haupt ein Mühlstein an einem seidenen Faden hing.

Da sprang sie auf und wollte davoneilen, die Wöchnerin hieß sie aber wieder niedersitzen und sagte: »Fürchte dich nicht, dir soll kein Leid geschehen! Als du neulich im Garten mich mit dem Spaten töten wolltest, da hing mein Leben an einem seidenen Faden, und so hängt auch das deine jetzt daran; aber da du mir das Leben gelassen hast, so soll dir auch jetzt ein gleiches geschehen und der Mühlstein soll dich nicht töten!«

Da beruhigte sich das Mädchen, und sie aßen und tranken fröhlich weiter, und eine Schüssel nach der andern kam auf den Tisch. Endlich, ganz zuletzt, brachte noch ein kleines Männchen eine verdeckte Schüssel, die es vor die Mädchen hinsetzte, und einer der Unterirdischen forderte sie auf, den Deckel aufzuheben. Da fürchteten sie sich erst ein wenig und wollten es nicht gerne tun, aber die Unterirdischen redeten ihnen zu und versicherten, daß sie keinen Schaden davon haben würden, und da nahmen sie denn den Deckel ab und sahen, daß die Schüssel ganz mit Läusen angefüllt war. Als sie vor Ekel das Gesicht abwandten, sagte einer der Unterirdischen: »Seht, das sind die Läuse, die ihr donnerstags aus euren Haaren herabkämmt, die fallen uns hier unten alle in die Schüsseln. Darum möchten wir euch freundlich bitten, tut das nicht mehr und wirkt, daß auch die übrigen Menschen es nicht mehr tun!«

Das versprachen die Mädchen, und bald danach erhob man sich von der Tafel. Als sie nun von den Unterirdischen Abschied nahmen, dankten ihnen die Wöchnerin und ihr Mann für die Liebe, die sie ihnen erwiesen hätten, und die Frau gab noch jedem Mädchen ein paar Hände voll Hobelspäne, die sollten sie sorgsam bewahren. Darauf gingen sie, und die beiden braunen Männchen brachten sie auf derselben prächtigen Treppe wieder hinauf, auf der sie hinabgestiegen waren.

Als sie aber oben in der Küche waren, warf die Grobe sogleich die empfangenen Hobelspäne ins Feuer, wobei sie sagte: »Wenn mir die Unterirdischen kein besseres Andenken von ihrer Kindtaufe geben wollten, so hätten sie's nur behalten sollen!« Unten hatte sie das aber nicht sagen mögen, weil sie sich immer noch vor dem Mühlstein gefürchtet hatte.

Die andere sagte: »Sie haben uns doch gesagt, wir sollen sie bewahren, und wer weiß, wozu es gut ist«; ging zu ihrer Lade und schüttete dort die Hobelspäne aus.

Als beide darauf ihren Kindtaufsputz ablegten, fiel auf einmal der Wortbrüchigen etwas klingend zur Erde, da sah sie nieder und fand ein blankes Geldstück. »Das sind die Hobelspäne«, sagte die Mitleidige, ging schnell zu ihrer Lade und fand einen großen Schatz; da war sie auf einmal aus einer armen Magd ein reiches Mädchen geworden und hat gefreit und ihr Leben lang keine Not gehabt, die Grobe aber hat es nie zu etwas Rechtem bringen können.

Das Natterkrönlein

Alte Großväter und Großmütter haben schon oft ihren Enkeln und Urenkeln erzählt von schönen Schlangen, die goldene Krönlein auf ihrem Haupte tragen; diese nannten die Alten mit mancherlei Namen, als Otterkönig, Krönleinnatter, Schlangenkönigin und dergleichen, und sie haben gesagt, der Besitz eines solchen Krönleins bringe großes Glück.

Bei einem geizigen Bauer diente eine fromme, mildherzige Magd, und in dessen Kuhstalle wohnte auch eine Krönleinnatter, die man zuweilen des Nachts gar wunderschön singen hörte, denn diese Nattern haben die Gabe, schöner zu singen als das beste Vögelein. Wenn nun die treue Magd in den Stall kam und die Kühe molk oder sie fütterte und ihnen streute, was sie mit großer Sorgfalt tat, denn das Vieh ging ihr über alles, da kroch manchmal das Schlänglein, welches so weiß war, wie ein weißes Mäuschen, aus der Mauerspalte, darin es wohnte, und sah mit klugen Augen die geschäftige Dirne an, und dieser kam es immer vor, als wolle die Schlange etwas von ihr haben. Und da gewöhnte sie sich, in ein kleines Untertäßchen etwas euterwarme Kuhmilch zu lassen, und dem Schlänglein dieses hinzustellen, und das trank die Milch mit gar großem Wohlbehagen, und drehte und wendete dabei ihr Köpfchen, und da glitzerte das Krönlein wie ein Demant oder ein Karfunkelstein, und leuchtete ordentlich in dem dunkeln Stalle.

Die gute Dirne freute sich über die weiße Schlange gar sehr und nahm auch wahr, daß, seit sie dieselbe mit Milch tränkte, ihres Herrn Kühe sichtbarlich gediehen, viel mehr Milch gaben, stets gesund waren und sehr schöne Kälbchen zur Welt brachten, worüber sie die größte Freude hatte.

Da traf sich's einmal, daß der Bauer in den Stall trat, als just die Krönleinnatter ihr Tröpfchen Milch schleckte, das ihr die gute Dirne hingestellt, und weil er geizig und happig über alle Maßen war, so begehrte er gleich so wild auf, als ob die arme Magd die Milch eimerweise weggeschenkt hätte.

»Du miserable nichtsnutze Dirn, die du bist!« schrie der böse Bauer. »So gehst du also um mit Hab und Gut deines Herrn? Schämst du dich nicht der Sünde, einen solchen giftigen Wurm, der ohnedies den Kühen zur Nacht die Milch aus den Eutern zieht, auch noch zu füttern und in den Stall zu gewöhnen? Hat man je so etwas erlebt? Schier glaub ich, daß du eine böse Hexe bist und dein Satanswesen treibst mit dem Teufelswurm!«

Die arme Dirne konnte diesem Strome harter Vorwürfe nur mit reichlich geweinten Tränen begegnen, aber der Bauer kehrte sich nicht im mindesten daran, daß sie weinte, sondern er schrie und zankte sich mehr und mehr in den vollen Zorn hinein, vergaß alle Treue und allen Fleiß der Magd und fuhr fort zu wettern und zu toben: »Aus dem Hause, sag ich, aus dem Hause! Und auf der Stelle! Ich brauche keine Schlangen als Kostgänger! Ich brauche keine Milchdiebinnen und Hexendirnen! Gleich schnürst du dein Bündel, aber gleich! Und machst, daß du aus dem Dorfe fortkommst, und läßt dich nimmer wieder blicken, sonst zeig ich dich an beim Amt, da wirst du eingesteckt und kriegst den Staubbesen, du Malefiz-Wetterdirn!« –

Laut weinend entwich die so hart gescholtene Magd aus dem Stalle, ging hinauf in ihre Kammer, packte ihre Kleider zusammen und schnürte ihr Bündlein, und dann trat sie aus dem Hause und ging über den Hof. Da wurde ihr weh ums Herz, im Stalle blökte ihre Lieblingskuh. – Der Bauer war weiter gegangen; sie trat noch einmal in den Stall, um gleichsam im stillen und unter Tränen Abschied von ihrem lieben Vieh zu nehmen, denn frommem Gesinde wird das Vieh seiner Herrschaft so lieb, als wäre es sein eigen, daher pflegt man auch zu sagen, im ersten Dienstjahre spricht die Magd: meines Herrn Kuh, im zweiten: unsere Kuh, und im dritten und in allen folgenden: *meine* Kuh.

Und da stand nun die Dirn im Stalle und weinte sich aus und streichelte noch einmal jede Kuh, und ihr Liebling leckte ihr noch einmal die Hand – und da kam die Schlange mit dem Krönlein auch gekrochen.

»Leb wohl, du armer Wurm, dich wird nun auch niemand mehr füttern.« Da hob sich das Schlänglein empor, als wollte es ihr seinen Kopf in die Hand legen, und plötzlich fiel das Natterkrönlein in des Mädchens Hand, und die Schlange glitt aus dem Stalle, was sie nie getan, das war ein Zeichen, daß auch sie aus dem Hause scheide, wo man ihr fürder nicht mehr ein Tröpflein Milch gönnen wollte.

Jetzt ging die arme Dirne ihres Weges und wußte nicht, wie reich sie war. Sie kannte des Natterkrönleins große Tugend nicht. Wer es besitzt und bei sich trägt, dem schlägt alles zum Glücke aus, der ist allen Menschen angenehm, dem wird eitel Ehre und Freude.

Draußen vor dem Dorfe begegnete der scheidenden Magd der reiche Schulzensohn, dessen Vater vor kurzem gestorben war, der schönste junge Bursche des Dorfes, dem entbrannte gleich in Liebe das Herz zu der Dirne, und er grüßte sie und fragte sie: Wohin sie gehe und warum sie aus dem Dienst scheide. Da sie nun ihm ihr Leid klagte, hieß er sie zu seiner Mutter gehen, und sie solle dieser nur sagen, *er* sende sie. Wie nun die Dirne zu der alten Frau Schulzin kam und ausrichtete, was der Schulzensohn ihr aufgetragen, da faßte die Frau gleich zu ihr ein großes Vertrauen und behielt sie im Hause, und als am Abende die Knechte und die Mägde des reichen Bauern zum Essen kamen, da mußte die Neuaufgenommene das Tischgebet sprechen, und da deuchte allen, als flössen des Gebetes Worte von den Lippen eines heiligen Engels, und wurden alle von einer wundersamen Andacht bewegt, und gewannen zu der Dirne eine mächtig große Liebe. Und als abgegessen war, und die fromme Dirne wieder das Gebet und den Abendsegen gesprochen hatte, und das Gesinde die Stube verlassen, da faßte der reiche Schulzensohn die Hand der ganz armen Dirne, und trat mit ihr vor seine Mutter und sagte: »Frau Mutter, segnet mich und die – denn die möcht ich zur Frau oder keine. Sie hat mir's einmal angetan!«

»Sie hat's uns allen angetan«, antwortete die alte Frau Schulzin. »In Gottes Namen segne ich dich und sie und nehme sie von Herzen gern zur Schnur.«

So wurde die arme Magd zu des Dorfes reichster Frau und zu einer ganz glücklichen noch dazu.

Mit jenem geizigen Bauern aber, der um die paar Tröpflein Milch sich so erzürnt und die treueste Magd aus dem Hause getrieben, ging es baldigst den Krebsgang. Mit der Krönleinnatter war all sein Glück hinweg. Er mußte erst sein Vieh verkaufen, dann seine Äcker, und alles kaufte der reiche

Schulzensohn, und seine Frau führte die lieben Kühe, die nun ihre eigenen waren, mit grünen Kränzen geschmückt, in ihren Stall, und streichelte sie und ließ sich wieder die Hände von ihnen lecken und molk und fütterte sie mit eigener Hand. Auf einmal sah sie bei diesem Geschäfte die weiße Schlange wieder. Da zog sie schnell das Krönlein hervor und sagte: »Das ist schön von dir, daß du zu mir kommst. Nun sollst du auch alle Tage frische Milch haben, so viel du willst, und da hast du auch dein Krönlein wieder, mit tausend Dank, daß du mir damit so wohl geholfen hast. Ich brauch es nun nicht mehr, denn ich bin reich und glücklich durch Liebe, durch Treue und durch Fleiß.«

Da nahm die weiße Schlange ihr Krönlein wieder und wohnte in dem Stalle der jungen Frau, und auf deren ganzem Gute blieb Frieden, Glück und Gottes Segen ruhen.

Von Verwünschungen und Erlösungen

Der arme Müllerbursch und das Kätzchen

In einer Mühle lebte ein alter Müller, der hatte weder Frau noch Kinder, und drei Müllerburschen dienten bei ihm. Wie sie nun etliche Jahre bei ihm gewesen waren, sagte er eines Tags zu ihnen: »Ich bin alt und will mich hinter den Ofen setzen: zieht aus, und wer mir das beste Pferd nach Haus bringt, dem will ich die Mühle geben, und er soll mich dafür bis an meinen Tod verpflegen.« Der dritte von den Burschen war aber der Kleinknecht, der ward von den andern für albern gehalten, dem gönnten sie die Mühle nicht; und er wollte sie hernach nicht

einmal. Da zogen sie alle drei miteinander aus, und wie sie vor das Dorf kamen, sagten die zwei zu dem albernen Hans: »Du kannst nur hier bleiben, du kriegst den Lebtag keinen Gaul.« Hans aber ging doch mit, und als es Nacht war, kamen sie an eine Höhle, da hinein legten sie sich schlafen. Die zwei Klugen warteten, bis Hans eingeschlafen war, dann stiegen sie auf, machten sich fort und ließen Hänschen liegen und meinten's recht fein gemacht zu haben; ja, es wird euch doch nicht gut gehen! Wie nun die Sonne kam, und Hans aufwachte, lag er in einer tiefen Höhle: er guckte sich überall um und rief: »Ach Gott, wo bin ich!« Da erhob er sich und krabbelte die Höhle hinauf, ging in den Wald und dachte: »Ich bin hier ganz allein und verlassen, wie soll ich nun zu einem Pferd kommen!« Indem er so in Gedanken dahin ging, begegnete ihm ein kleines buntes Kätzchen, das sprach ganz freundlich: »Hans, wo willst du hin?« – »Ach, du kannst mir doch nicht helfen.« – »Was dein Begehren ist, weiß ich wohl«, sprach das Kätzchen, »du willst einen hübschen Gaul haben. Komm mit mir und sei sieben Jahre lang mein treuer Knecht, so will ich dir einen geben, schöner als du dein Lebtag einen gesehen hast.« – »Nun, das ist eine wunderliche Katze«, dachte Hans, »aber sehen will ich doch, ob das wahr ist, was sie sagt«. Da nahm sie ihn mit in ihr verwünschtes Schlößchen und hatte da lauter Kätzchen, die ihr dienten: die sprangen flink die Treppe auf und ab, waren lustig und guter Dinge. Abends, als sie sich zu Tisch setzten, mußten drei Musik machen: eins strich den Baß, das andere die Geige, das dritte setzte die Trompete an und blies die Backen auf, sosehr es nur konnte. Als sie gegessen hatten, wurde der Tisch weggetragen, und die Katze sagte: »Nun komm, Hans, und tanze mit mir.« – »Nein«, antwortete er, »mit einer Miezekatze tanze ich nicht, das habe ich noch niemals getan.« – »So bringt ihn ins Bett«, sagte sie zu den Kätzchen. Da leuchtete ihm eins in seine Schlafkammer, eins zog ihm die Schuhe aus, eins die Strümpfe, und zuletzt blies eins das Licht aus. Am andern Morgen kamen sie wieder und halfen ihm aus dem Bett: eins zog ihm die Strümpfe an, eines band ihm die Strumpfbänder, eins holte die Schuhe, eins wusch ihn, und eins trocknete ihm mit dem Schwanz das Gesicht ab. »Das tut recht sanft«, sagte Hans. Er mußte aber auch der Katze dienen und alle Tage Holz klein machen; dazu kriegte er eine Axt von Silber und die Keile und Säge von Silber, und der Schläger war von Kupfer. Nun, da machte er's klein, blieb da im Haus, hatte sein gutes Essen und Trinken, sah aber niemand als die bunte Katze und ihr Gesinde. Einmal sagte sie zu ihm: »Geh hin und mähe meine Wiese und mache das Gras trocken«, und gab ihm von Silber eine Sense und von Gold einen Wetzstein, hieß ihn aber auch alles wieder richtig abliefern. Da ging Hans hin und tat, was ihm geheißen war; nach vollbrachter Arbeit trug er Sense, Wetzstein und Heu nach Haus und fragte, ob sie ihm noch nicht seinen Lohn geben wollte. »Nein«, sagte die Katze, »du sollst mir erst noch einerlei tun, da ist Bauholz von Silber, Zimmeraxt, Winkeleisen, und was nötig ist, alles von Silber, daraus baue mir erst ein kleines Häuschen.« Da baute Hans das Häuschen fertig und sagte, er hätte nun alles getan und hätte noch kein Pferd. Doch waren ihm die sieben Jahre herumgegangen wie ein halbes. Fragte die Katze, ob er ihre Pferde sehen wollte. »Ja«, sagte Hans. Da machte sie ihm das Häuschen auf, und wie sie die Türe so aufmacht, da stehen zwölf Pferde, ach, die waren gewesen ganz stolz, die hatten geblänkt und gespiegelt, daß sich sein Herz im Leibe darüber freute. Nun gab sie ihm zu essen und zu trinken und sprach: »Geh heim, dein Pferd geb' ich dir nicht mit: in drei Tagen aber komm' ich und bringe dir's nach.« Also machte Hans sich auf, und sie zeigte ihm den Weg zur Mühle. Sie hatte ihm aber nicht einmal ein neues Kleid gegeben, sondern er mußte sein altes, lumpiges Kittelchen behalten, das er mitgebracht hatte, und das ihm in den sieben Jahren überall zu kurz geworden war. Wie er nun heimkam, so waren die beiden andern Müllerburschen auch wieder da; jeder hatte zwar sein Pferd mitgebracht, aber des einen seins war blind, des andern seins lahm. Sie fragten: »Hans, wo hast du dein Pferd?« – »In drei Tagen wird's nachkommen.« Da lachten sie und sagten: »Ja, du Hans, wo willst du ein Pferd herkriegen, das wird was Rechtes sein!« Hans ging in die Stube, der Müller sagte aber, er sollte nicht an den Tisch kommen, er wäre so zerrissen und zerlumpt, man müßte sich schämen, wenn jemand hereinkäme. Da gaben sie ihm ein bißchen Essen hinaus, und wie sie abends schlafen gingen, wollten ihm die zwei andern kein Bett geben, und er mußte endlich ins Gänseställchen kriechen und sich auf ein wenig hartes Stroh legen. Am Morgen, wie er aufwacht, sind schon die drei Tage herum, und es kommt eine Kutsche mit sechs Pferden, ei, die glänzten, daß es schön war, und ein Bedienter, der brachte noch ein siebentes, das war für den armen Müllerbursch. Aus der Kutsche aber stieg eine prächtige Königstochter und ging in die Mühle hinein, und die Königstochter war das kleine bunte Kätzchen, dem der arme Hans sieben Jahr gedient hatte. Sie fragte den Müller, wo der Mahlbursch, der Kleinknecht wäre. Da sagte der Müller: »Den können wir nicht in die Mühle nehmen, der ist so verrissen und liegt im Gänsestall.« Da sagte die Königstochter, sie sollten ihn gleich holen. Also holten sie ihn heraus, und er mußte sein Kittelchen zusammenpacken, um sich zu bedecken. Da schnallte der Bediente prächtige Kleider aus und mußte ihn waschen und anziehen, und wie er fertig war, konnte kein König schöner aussehen. Danach verlangte sie die Pferde zu sehen, welche die andern Mahlburschen mitgebracht hatten, eins war blind, das andere lahm. Da ließ sie den Bedienten das siebente Pferd bringen: wie der Müller das sah, sprach er, so eins wär' ihm noch nicht auf den Hof gekommen. »Und das ist für den dritten Mahlbursch«, sagte sie. »Da muß er die Mühle haben«, sagte der Müller, die Königstochter aber sprach, da wäre das Pferd, er sollte seine Mühle auch behalten: und nimmt ihren treuen Hans und setzt ihn in die Kutsche und fährt mit ihm fort. Sie fahren zuerst nach dem kleinen Häuschen, das er mit dem silbernen Werkzeug gebaut hat, da ist es ein großes Schloß, und ist alles darin von Silber und Gold; und da hat sie ihn geheiratet, und war er reich, so reich, daß er für sein Lebtag genug hatte. Darum soll keiner sagen, daß, wer albern ist, deshalb nichts Rechtes werden könne.

Peterchen und das goldene Füllhorn

Für Pitjewitz

Vor langer, langer Zeit lebte in einem Tal in den Bergen ein kleiner Schafhirte, den nannten alle im Dorf das Peterchen, und weil er gut für seine Tiere sorgte und ein lieber Junge war, ward er überall gern gesehen.

Die Leute im Dorf aber hatten eine große Sorge: jedesmal bei Vollmond brachen sieben graue Wölfe in die Schafherden ein und rissen viele Tiere. Diese Wölfe waren früher sieben kleine weiße Lämmer gewesen, die ein böser Zauberer in Wölfe verwandelt hatte. Kein Jäger konnte sie erschießen, denn sie waren unverwundbar, und niemand im Dorf wußte, wie der Zauber zu brechen war.

Peterchen aber hatte sich mit den Waldgeistern angefreundet, die sich oft zu ihm gesellten, wenn er am Waldrand saß und über die Wiese mit seinen Schafen blickte. Doch immer, wenn

79

er seine Freunde fragte, wie man das Tal vom Fluch des Zauberers erlösen und die Wölfe wieder in Lämmer verwandeln könne, sagten die Waldgeister: »Das ist zu schwer für dich, Peterchen, denk nicht mehr daran!«, und dann wurde Peterchen jedesmal ganz traurig, sah auf die Lämmer in seiner Herde und dachte daran, daß die sieben Wölfe eigentlich doch auch weiße Lämmchen seien.

Es war nun eine Fee unter den Waldgeistern, die hatte das Peterchen sehr lieb gewonnen, und weil er so keck und mutig aus seinen blauen Äuglein in die Welt blickte, sagte sie eines Tages zu ihm: »Du, Peterchen, ich will dir sagen, wie du die Lämmer erlösen kannst. Aber es ist wirklich sehr schwer. Du mußt sieben Decken aus Goldgras weben und wirst dafür sieben Jahre brauchen. In diesen sieben Jahren darfst du kein Wort sprechen, dann werden die Wölfe nicht mehr ins Tal kommen. Solange du schweigst, hast du Macht über sie. Sie werden erst in sieben Jahren wiederkommen, und wenn du ihnen dann die Decken überwirfst, verwandeln sich sich in ihre ursprüngliche Gestalt. Das Goldgras, aus dem du die Decken weben mußt, wächst an den Ufern des Smaragdsees, und der liegt auf einem goldenen Berg, der früher einmal ein Vulkan war, und dieser goldene Berg ragt weit, weit von hier in den Himmel. Es ist eine lange und beschwerliche Reise, die du vor dir hast. Willst du all das auf dich nehmen, um unser Tal zu erlösen?«

»Ja«, sagte Peterchen, »aber werde ich dich dann wiedersehen?« Er hatte nämlich gemerkt, daß er die Fee sehr lieb gewonnen hatte und daß es ihm schwer fiel, sich vorzustellen, sie sieben Jahre lang nicht zu sehen.

Da gab ihm die Fee ein kleines goldenes Füllhorn an einem Kettchen, und in dem Füllhorn glitzerte ein Diamant. »Siehst du diesen Stein?« fragte die Fee. »Wenn du ihn in den sieben Jahren verlierst, dann werden wir uns wiedersehen. Verlierst du ihn aber nicht, so bedeutet das, daß du mich niemals wiedersiehst und nur den Stein als Erinnerung an mich behältst.« Noch ehe Peterchen etwas erwidern konnte, war die Fee verschwunden.

Er machte sich also auf den Weg und wanderte und wanderte und mußte viele Täler durchqueren, bis er endlich in dem Tal ankam, an dessen Ende der goldene Berg lag. Es war schon dunkel, und der Berg glänzte vor dem blauschwarzen Himmel, daß Peterchen ganz benommen von dem wundersamen Anblick war. Als er endlich oben auf dem Berg stand, sah er den Smaragdsee vor sich liegen. Grün und klar schimmerte er im Mondlicht, und an seinen Ufern wiegte sich im leichten Wind das Goldgras.

Sogleich pflückte Peterchen einen ganzen Arm voll und begann mit der Arbeit. Er webte und webte und pflückte Gras und webte weiter, und es dauerte, wie die Fee gesagt hatte, lange, bis eine Decke fertig war. Die Arbeit war so mühselig und das Goldgras so fein, daß es ihm immer wieder in die Finger schnitt, aber am allerschlimmsten war doch, daß er die ganze Zeit kein Wort sprechen durfte, denn er redete gerne, auch wenn keiner zuhörte.

Sechs Jahre waren vergangen, er hatte sechs Decken gewebt und fing gerade die siebente an, da dachte er voller Sehnsucht wieder einmal an die schöne Fee, die er so lange nicht gesehen hatte. Er nahm das Füllhorn in die Hand, und als er nach dem Diamanten sehen wollte, merkte er, daß er ihn längst verloren hatte, vielleicht im Gras. Da wurde ihm ganz froh ums Herz, und er arbeitete schneller und fröhlicher als all die Jahre vorher.

Es war aber so, daß er fast alles Goldgras, das an den Ufern des Smaragdsees wuchs, inzwischen verwebt hatte, und bald sah er, daß es für die siebente Decke nicht reichen würde. »Ich werde grünes Gras mit einweben«, sagte er, »besser eine ganze halbwegs goldene Decke als nur eine halbe goldene Decke.« Das grüne Gras aber, das er einwebte, blieb frisch und welkte nicht, sobald es mit dem Goldgras in Berührung gekommen war. So wurde die siebente Decke grün-golden.

Als er die Decke fertig hatte, machte er sich auf den Heimweg, und als er in seinem Heimatdorf ankam, waren gerade die sieben Jahre herum. Er setzte sich an den Waldrand und wartete, bis der Mond aufging. Da sprangen wirklich zum erstenmal seit sieben Jahren die sieben Wölfe wieder aus dem Wald, und Peterchen warf ihnen geschwind seine Decken über: da wurden die Wölfe wieder friedliche Lämmer. Das siebente Lamm aber, das die letzte Decke bekommen hatte, behielt ein dunkles Fell. Bis heute gibt es deshalb in vielen Herden schwarze Schafe. Und an der Stelle in seinem Füllhorn, wo einst der Diamant gewesen war, leuchtete ein kleiner grüner Smaragd auf, der sah genauso aus wie der Smaragdsee auf dem goldenen Berg. Peterchen wußte aber noch nicht, was das zu bedeuten hatte, denn darüber hatte die Fee vor sieben Jahren nichts gesagt.

Am nächsten Tag, als er wieder vor all seinen Schafen auf der Wiese am Waldrand saß, da trat die Fee zwischen den Bäumen hervor. Sie nahm ihn bei der Hand und führte ihn in ihr Waldschloß. Dort lebten sie glücklich und zufrieden, und der kleine Smaragd erinnerte sie jeden Tag daran, mit wieviel Mühen und Geduld sie sich dieses Glück einst verdient hatten.

Schneeweißchen und Rosenrot

Eine arme Witwe, die lebte einsam in einem Hüttchen, und vor dem Hüttchen war ein Garten, darin standen zwei Rosenbäumchen, davon trug das eine weiße, das andere rote Rosen: und sie hatte zwei Kinder, die glichen den beiden Rosenbäumchen, und das eine hieß Schneeweißchen, das andere Rosenrot. Sie waren aber so fromm und gut, so arbeitsam und unverdrossen, als je zwei Kinder auf der Welt gewesen sind: Schneeweißchen war nur stiller und sanfter als Rosenrot. Rosenrot sprang lieber in den Wiesen und Feldern umher, suchte Blumen und fing Sommervögel: Schneeweißchen aber saß daheim bei der Mutter, half ihr im Hauswesen oder las ihr vor, wenn nichts zu tun war. Die beiden Kinder hatten einander so lieb, daß sie sich immer an den Händen faßten, sooft sie zusammen ausgingen:

und wenn Schneeweißchen sagte: »Wir wollen uns nicht verlassen«, so antwortete Rosenrot: »Solange wir leben, nicht«, und die Mutter setzte hinzu: »Was das eine hat, soll's mit dem andern teilen.« Oft liefen sie im Walde allein umher und sammelten rote Beeren, aber kein Tier tat ihnen etwas zuleid, sondern sie kamen vertraulich herbei: das Häschen fraß ein Kohlblatt aus ihren Händen, das Reh graste an ihrer Seite, der Hirsch sprang ganz lustig vorbei, und die Vögel blieben auf den Ästen sitzen und sangen, was sie nur wußten. Kein Unfall traf sie: wenn sie sich im Walde verspätet hatten, und die Nacht sie überfiel, so legten sie sich nebeneinander auf das Moos und schliefen, bis der Morgen kam, und die Mutter wußte das und hatte ihretwegen keine Sorge. Einmal, als sie im Walde übernachtet hatten, und das Morgenrot sie aufweckte, da sahen sie ein schönes Kind in einem weißen glänzenden Kleidchen neben ihrem Lager sitzen. Es stand auf und blickte sie ganz freundlich an, sprach aber nichts und ging in den Wald hinein. Und als sie sich umsahen, so hatten sie ganz nahe bei einem Abgrunde geschlafen und wären gewiß hineingefallen, wenn sie in der Dunkelheit noch ein paar Schritte weitergegangen wären. Die Mutter aber sagte ihnen, das müßte der Engel gewesen sein, der gute Kinder bewache.

Schneeweißchen und Rosenrot hielten das Hüttchen der Mutter so reinlich, daß es eine Freude war hineinzuschauen. Im Sommer besorgte Rosenrot das Haus und stellte der Mutter jeden Morgen, ehe sie aufwachte, einen Blumenstrauß vors Bett, darin war von jedem Bäumchen eine Rose. Im Winter zündete Schneeweißchen das Feuer an und hing den Kessel an den Feuerhaken, und der Kessel war von Messing, glänzte aber wie Gold, so rein war er gescheuert. Abends, wenn die Flocken fielen, sagte die Mutter: »Geh, Schneeweißchen, und schieb den Riegel vor«, und dann setzten sie sich an den Herd, und die Mutter nahm die Brille und las aus einem großen Buche vor, und die beiden Mädchen hörten zu, saßen und spannen; neben ihnen lag ein Lämmchen auf dem Boden, und hinter ihnen auf einer Stange saß ein weißes Täubchen und hatte seinen Kopf unter den Flügel gesteckt.

Eines Abends, als sie so vertraulich beisammensaßen, klopfte jemand an die Türe, als wollte er eingelassen sein. Die Mutter sprach: »Geschwind, Rosenrot, mach auf, es wird ein Wanderer sein, der Obdach sucht.« Rosenrot ging und schob den Riegel weg und dachte, es wäre ein armer Mann, aber der war es nicht, es war ein Bär, der seinen dicken schwarzen Kopf zur Türe hereinstreckte. Rosenrot schrie laut und sprang zurück: das Lämmchen blökte, das Täubchen flatterte auf, und Schneeweißchen versteckte sich hinter der Mutter Bett. Der Bär aber fing an zu sprechen und sagte: »Fürchtet euch nicht, ich tue euch nichts zuleid, ich bin halb erfroren und will mich nur ein wenig bei euch wärmen.« – »Du armer Bär«, sprach die Mutter, »leg dich ans Feuer und gib nur acht, daß dir dein Pelz nicht brennt.« Dann rief sie: »Schneeweißchen, Rosenrot, kommt hervor, der Bär tut euch nichts, er meint's ehrlich.« Da kamen sie beide heran, und nach und nach näherten sich auch das Lämmchen und Täubchen und hatten keine Furcht vor ihm. Der Bär sprach: »Ihr Kinder, klopft mir den Schnee ein wenig aus dem Pelzwerk«, und sie holten den Besen und kehrten dem Bär das Fell rein: er aber streckte sich ans Feuer und brummte ganz vergnügt und behaglich. Nicht lange, so wurden sie ganz vertraut und trieben Mutwillen mit dem unbeholfenen Gast. Sie zausten ihm das Fell mit den Händen, setzten ihre Füßchen auf seinen Rücken und walgerten ihn hin und her, oder sie nahmen eine Haselrute und schlugen auf ihn los, und wenn er brummte, so lachten sie. Der Bär ließ sich's aber gerne gefallen, nur wenn sie's gar zu arg trieben, rief er: »Laßt mich am Leben, ihr Kinder:

> Schneeweißchen, Rosenrot,
> schlägst dir den Freier tot.«

Als Schlafenszeit war, und die andern zu Bett gingen, sagte die Mutter zu dem Bär: »Du kannst in Gottes Namen da am Herde liegen bleiben, so bist du vor der Kälte und dem bösen Wetter geschützt.« Sobald der Tag graute, ließen ihn die beiden Kinder hinaus, und er trabte über den Schnee in den Wald hinein. Von nun an kam der Bär jeden Abend zu der bestimmten Stunde, legte sich an den Herd und erlaubte den Kindern, Kurzweil mit ihm zu treiben, soviel sie wollten; und sie waren so gewöhnt an ihn, daß die Türe nicht eher zugeriegelt ward, als bis der schwarze Gesell angelangt war.

Als das Frühjahr herangekommen und draußen alles grün war, sagte der Bär eines Morgens zu Schneeweißchen: »Nun muß ich fort und darf den ganzen Sommer nicht wiederkommen.« – »Wo gehst du denn hin, lieber Bär?« fragte Schneeweißchen. »Ich muß in den Wald und meine Schätze vor den bösen Zwergen hüten: im Winter, wenn die Erde hart gefroren ist, müssen sie wohl unten bleiben und können sich nicht durcharbeiten, aber jetzt, wenn die Sonne die Erde aufgetaut und erwärmt hat, da brechen sie durch, steigen herauf, suchen und stehlen; was einmal in ihren Händen ist und in ihren Höhlen liegt, das kommt so leicht nicht wieder an des Tages Licht.« Schneeweißchen war ganz traurig über den Abschied, und als es ihm die Türe aufriegelte, und der Bär sich hinausdrängte, blieb er an dem Türhaken hängen, und ein Stück seiner Haut riß auf, und da war es Schneeweißchen, als hätte es Gold durchschimmern gesehen: aber es war seiner Sache nicht gewiß. Der Bär lief eilig fort und war bald hinter den Bäumen verschwunden.

Nach einiger Zeit schickte die Mutter die Kinder in den Wald, Reisig zu sammeln. Da fanden sie draußen einen großen Baum, der lag gefällt auf dem Boden, und an dem Stamme sprang zwischen dem Gras etwas auf und ab, sie konnten aber nicht unterscheiden, was es war. Als sie näher kamen, sahen sie einen Zwerg mit einem alten, verwelkten Gesicht und einem ellenlangen schneeweißen Bart. Das Ende des Bartes war in eine Spalte des Baums eingeklemmt, und der Kleine sprang hin und her wie ein Hündchen an einem Seil und wußte nicht, wie er sich helfen sollte. Er glotzte die Mädchen mit seinen roten feurigen Augen an und schrie: »Was steht ihr da! Könnt ihr nicht herbeigehen und mir Beistand leisten?« – »Was hast du angefangen, kleines Männchen?« fragte Rosenrot. »Dumme neugierige Gans«, antwortete der Zwerg, »den Baum habe ich mir spalten wollen, um kleines Holz in der Küche zu haben; bei den dicken Klötzen verbrennt gleich das bißchen Speise, das unsereiner braucht, der nicht so viel hinunterschlingt als ihr grobes gieriges Volk. Ich hatte den Keil schon glücklich hineingetrieben, und es wäre alles nach Wunsch gegangen, aber das verwünschte Holz war zu glatt und sprang unversehens heraus, und der Baum fuhr so geschwind zusammen, daß ich meinen schönen weißen Bart nicht mehr herausziehen konnte; nun steckt er drin, und ich kann nicht fort. Da lachen die albernen glatten Milchgesichter! Pfui, was seid ihr garstig!« Die Kinder gaben sich alle Mühe, aber sie konnten den Bart nicht herausziehen, er steckte zu fest. »Ich will laufen und Leute herbeiholen«, sagte Rosenrot. »Wahnsinnige Schafsköpfe«, schnarrte der Zwerg, »wer wird gleich Leute herbeirufen, ihr seid mir schon um zwei zu viel; fällt euch nichts Besseres ein?« – »Sei nur nicht ungeduldig«, sagte Schneeweißchen, »ich will schon Rat schaffen«, holte sein Scherchen aus der Tasche und schnitt das Ende des Bartes ab. Sobald der Zwerg sich frei fühlte, griff er nach einem Sack, der zwischen den Wurzeln des Baums steckte und mit Gold gefüllt war, hob ihn heraus und brummte vor sich hin: »Ungehobeltes Volk, schneidet mir ein Stück von meinem stolzen Barte ab! Lohn's euch der Kukkuck!« Damit schwang er seinen Sack auf den Rücken und ging fort, ohne die Kinder nur noch einmal anzusehen.

Einige Zeit danach wollten Schneeweißchen und Rosenrot ein Gericht Fische angeln. Als sie nahe bei dem Bach waren, sahen sie, daß etwas wie eine große Heuschrecke nach dem Wasser zu hüpfte, als wollte es hineinspringen. Sie liefen heran und erkannten den Zwerg. »Wo willst du hin?« sagte Rosenrot, »du willst doch nicht ins Wasser?« – »Solch ein Narr bin ich nicht«, schrie der Zwerg, »seht ihr nicht? Der verwünschte Fisch will mich hineinzuziehen!« Der Kleine hatte dagesessen und geangelt, und unglücklicherweise hatte der Wind seinen Bart mit der Angelschnur verflochten; als gleich darauf ein großer Fisch anbiß, fehlten dem schwachen Geschöpf die Kräfte, ihn herauszuziehen: der Fisch behielt die Oberhand und riß den Zwerg zu sich hin. Zwar hielt er sich an allen Halmen und Binsen, aber das half nicht viel, er mußte den Bewegungen des Fisches folgen und war in beständiger Gefahr, ins Wasser gezogen zu werden. Die Mädchen kamen zu rechter Zeit, hielten ihn fest und versuchten, den Bart von der Schnur loszumachen, aber vergebens: Bart und Schnur waren fest ineinander verwirrt. Es blieb nichts übrig, als das Scherchen hervorzuholen und den Bart abzuschneiden, wobei ein kleiner Teil desselben verlorenging. Als der Zwerg das sah, schrie er sie an: »Ist das Manier, ihr Lorche, einem das Gesicht zu schänden? Nicht genug, daß ihr mir den Bart unten abgestutzt habt, jetzt schneidet ihr mir den besten Teil davon ab: ich darf mich vor den Meinigen gar nicht sehen lassen. Daß ihr laufen müßtet und die Schuhsohlen verloren hättet!« Dann holte er einen Sack Perlen, der im Schilfe lag, und, ohne ein Wort weiter zu sagen, schleppte er ihn fort und verschwand hinter einem Stein.

Es trug sich zu, daß bald hernach die Mutter die beiden Mädchen nach der Stadt schickte, Zwirn, Nadeln, Schnüre und Bänder einzukaufen. Der Weg führte sie über eine Heide, auf der hier und da mächtige Felsenstücke zerstreut lagen. Da sahen sie einen großen Vogel in der Luft schweben, der langsam über ihnen kreiste, sich immer tiefer herabsenkte und endlich nicht weit bei einem Felsen niederstieß. Gleich darauf hörten sie einen durchdringenden, jämmerlichen Schrei. Sie liefen herzu und sahen mit Schrecken, daß der Adler ihren alten Bekannten, den Zwerg, gepackt hatte und ihn forttragen wollte. Die mitleidigen Kinder hielten gleich das Männchen fest und zerrten sich so lange mit dem Adler herum, bis er seine Beute fahren ließ. Als der Zwerg sich von dem ersten Schrekken erholt hatte, schrie er mit seiner kreischenden Stimme: »Konntet ihr nicht säuberlicher mit mir umgehen? Gerissen habt ihr an meinem dünnen Röckchen, daß es überall zerfetzt und durchlöchert ist, unbeholfenes und täppisches Gesindel, das ihr seid!« Dann nahm er seinen Sack mit Edelsteinen und schlüpfte wieder unter den Felsen in seine Höhle. Die Mädchen waren an seinen Undank schon gewöhnt, setzten ihren Weg fort und verrichteten ihr Geschäft in der Stadt. Als sie beim Heimweg wieder auf die Heide kamen, überraschten sie den Zwerg, der auf einem reinlichen Plätzchen seinen Sack mit Edelsteinen ausgeschüttet und nicht gedacht hatte, daß so spät noch jemand daherkommen würde. Die Abendsonne schien über die glänzenden Steine, sie schimmerten und leuchteten so prächtig in allen Farben, daß die Kinder stehenblieben und sie betrachteten. »Was steht ihr da und habt Maulaffen feil!« schrie der Zwerg, und sein aschgraues Gesicht ward zinnoberrot vor Zorn. Er wollte mit seinen Scheltworten fortfahren, als sich ein lautes Brummen hören ließ, und ein schwarzer Bär aus dem Walde herbeitrabte. Erschrocken sprang der Zwerg auf, aber er konnte nicht mehr zu seinem Schlupfwinkel gelangen, der Bär war schon in seiner Nähe. Da rief er in Herzensangst: »Lieber Herr Bär, verschont mich, ich will Euch alle meine Schätze geben, sehet, die schönen Edelsteine, die da liegen. Schenkt mir das Leben, was habt Ihr an mir kleinen, schmächtigen Kerl? Ihr spürt mich nicht zwischen den Zähnen: da, die beiden gottlosen Mädchen packt, das sind für Euch zarte Bissen, fett wie junge Wachteln, die freßt in Gottes Namen.« Der Bär kümmerte sich um seine Worte nicht, gab dem boshaften Geschöpf einen einzigen Schlag mit der Tatze, und es regte sich nicht mehr.

Die Mädchen waren fortgesprungen, aber der Bär rief ihnen nach: »Schneeweißchen und Rosenrot, fürchtet euch nicht, wartet, ich will mit euch gehen.« Da erkannten sie seine Stimme und blieben stehen, und als der Bär bei ihnen war, fiel plötzlich die Bärenhaut ab, und er stand da als ein schöner Mann und war ganz in Gold gekleidet. »Ich bin eines Königs Sohn«, sprach er, »und war von dem gottlosen Zwerg, der mir meine Schätze gestohlen hatte, verwünscht, als ein wilder Bär in dem Walde zu laufen, bis ich durch seinen Tod erlöst würde. Jetzt hat er seine wohlverdiente Strafe empfangen.«

Schneeweißchen ward mit ihm vermählt, und Rosenrot mit seinem Bruder, und sie teilten die großen Schätze miteinander, die der Zwerg in seine Höhle zusammengetragen hatte. Die alte Mutter lebte noch lange Jahre ruhig und glücklich bei ihren Kindern. Die zwei Rosenbäumchen aber nahm sie mit, und sie standen vor ihrem Fenster und trugen jedes Jahr die schönsten Rosen, weiß und rot.

Die Froschfee

Eine arme Witwe lebte allein mit ihrem Sohn in einer elenden Hütte am Rande eines großen Waldes. Die arme Frau hätte ihren Sohn gern in die Schule geschickt mit den andern Kindern seines Alters, aber ihre Not gestattete es ihr nicht, und sie war gezwungen, ihr Kind jeden Tag, den Gott geschaffen hatte,

durch Gestrüpp und Dickicht in den Wald zu schicken, um Holz zu sammeln. Das Holz, das Wilhelm, so hieß der Knabe, heimbrachte, wurde in zwei Teile geteilt: die größeren Stücke wurden an die reichen Dorfleute verkauft, und die kleinen Zweige und Reiser blieben zu Hause, um im Sommer die Suppe zu kochen und im Winter die Hütte zu heizen.

Eines Tages war der kleine Junge wieder in den Wald gegangen. Eine Menge totes Holz war gesammelt, und er hatte schon ein beträchtliches Bündel beisammen, als er plötzlich kurze durchdringende Schreie hörte, die von dem nahe gelegenen Pfad kamen.

»Was mag das sein?« fragte sich Wilhelm. »Ist da vielleicht ein armes Tier in Gefahr?«

Und schnell lief er hin. Ein riesiger Fuchs hatte ein hübsches Laubfröschchen gepackt und wollte es gerade verspeisen, als Wilhelm erschien. Das mutige Kind trat dem Fuchs entgegen und zwang ihn, das grüne Fröschchen loszulassen.

»O das hübsche Tier!« rief das Kind. »Ich werde es nach Hause mitnehmen.«

Vorsichtig hob Wilhelm den Frosch auf und steckte ihn in seine Tasche. Mit seinem Bündel auf dem Kopf kam er nach Hause.

»Mutter, sieh nur den schönen Laubfrosch, den ich im Walde gefunden habe. Ich werde ihn in ein großes Gefäß mit Wasser setzen, wenn du es mir erlaubst.«

»Was willst du mit diesem Frosch, Wilhelm? Du findest überall Frösche im Walde.«

»Das ist wahr, aber sie sind nicht wie dieser Frosch.«

Und der kleine Junge erzählte, wie er diesen Laubfrosch gerettet hatte.

»Dann laß ihn hier, aber sorge gut für ihn, denn es wäre nicht recht, ihn hierzubehalten und ihn sterben zu lassen.«

Von diesem Tage an kehrte der Wohlstand ins Haus der Witwe zurück; sie fand eine volle Börse in ihrer Truhe, ohne daß es sich aufklärte, wer die dort hingelegt hatte. Dann fiel ihr eine Erbschaft zu, so daß die gute Frau ihren Sohn in die Dorfschule schicken konnte und danach in die Stadtschule. Und bald wurde der Jüngling so gelehrt, so gelehrt, daß er, als er durch ganz Deutschland und durch ganz Frankreich reiste, niemandem begegnete, der imstande gewesen wäre, es in bezug auf Wissen mit ihm aufzunehmen. Ihr könnt euch denken, wie glücklich seine Mutter war, und oft sagte sie zu ihren Dorfnachbarinnen:

»Der Laubfrosch, den mein Sohn im Walde gefunden hat, muß wohl die Ursache all des Glückes sein, das uns begegnet.«

Dafür liebte sie auch das Laubfröschchen, und sie pflegte es aufs sorgfältigste.

Eines schönen Tages kehrte der junge Gelehrte von seiner Reise zurück. Nachdem er seine Mutter umarmt hatte, wollte er den grünen Laubfrosch sehen.

»Liebes Tierchen«, sprach er zu ihm, »ich danke dir für alles, was du für meine Mutter und für mich getan hast. Du sollst mit uns speisen und den Ehrenplatz bei Tisch einnehmen.«

Das Laubfröschchen begann zu springen und zu tanzen, als hätte es Wilhelms Rede verstanden.

Dann, als das Essen aufgetragen war, kam es aus seinem Unterschlupf heraus und setzte sich auf den Sessel, der ihm bestimmt war.

Da aber verwandelte sich plötzlich der Laubfrosch in eine junge Frau von großer Schönheit; die hatte große blaue Augen und lange blonde Haare, die auf ihren Schultern wehten. Niemals hatte der junge Gelehrte soviel Schönheit bei einem irdischen Wesen vereinigt gesehen. Nach kurzem Schweigen sprach das liebenswürdige Geschöpf zu ihm:

»Ich bin eine Waldfee. Du warst mir schon oft aufgefallen, wenn du im Gestrüpp und im Dickicht tote Zweige suchtest, und ich bewunderte deinen Mut und deinen Arbeitseifer. Ich wünschte dir Gutes, und darum hatte ich die Gestalt eines Laubfrosches angenommen, um dein Herz zu erproben. Du hast die Prüfung gut bestanden, und du bist alles dessen würdig, was ich für dich und deine Mutter getan habe; denn ich hatte die Börse in die Truhe gelegt, und auch ich hatte das Geld geschickt, das als Erbschaft eines verstorbenen Verwandten ausgezahlt wurde; ich war es auch, die dir Klugheit und wissenschaftlichen Geist schenkte. Jetzt möchte ich dich etwas fragen: ich liebe dich, willst du mich heiraten?«

»Schöne Fee, gewiß möchte ich dich gern zur Frau, aber wir haben unser kleines Vermögen für meinen Unterricht und für meine Reisen ausgegeben, und es bleibt uns fast nichts mehr. Ich möchte nicht, daß du Not leidest.«

»Ist es nur das, was dich zurückhält? Dann . . . sieh meine Macht!«

Und die Fee ergriff eine Handvoll Bohnen, die dort in einem Sack standen, und verwandelte sie in schöne blanke Goldstükke. So entschloß sich der junge Gelehrte, und acht Tage später wurde die Hochzeit in der Kirche des Nachbardorfes gefeiert.

Wie groß aber war seine Verwunderung, als er bei der Rückkehr von der Messe an Stelle der Hütte, die er am Morgen verlassen hatte, ein wunderbares Schloß sah. Wieder war es die Fee, seine Frau, die durch ihre Macht in so kurzer Zeit den herrlichen Palast errichtet hatte, wo sie seither mit ihrem Gatten viele Jahre lang glücklich lebte.

Der Froschkönig

In den alten Zeiten, wo das Wünschen noch geholfen hat, lebte ein König, dessen Töchter waren alle schön, aber die jüngste war so schön, daß die Sonne selber, die doch so vieles gesehen hat, sich verwunderte, sooft sie ihr ins Gesicht schien. Nahe bei dem Schlosse des Königs lag ein großer dunkler Wald, und in dem Walde unter einer alten Linde war ein Brunnen: wenn nun der Tag recht heiß war, so ging das Königskind hinaus in den Wald und setzte sich an den Rand des kühlen Brunnens: und wenn sie Langeweile hatte, so nahm sie eine goldene Kugel, warf sie in die Höhe und fing sie wieder; und das war ihr liebstes Spielwerk.

Nun trug es sich einmal zu, daß die goldene Kugel der

Königstochter nicht in ihr Händchen fiel, das sie in die Höhe
gehalten hatte, sondern vorbei auf die Erde schlug und geradezu ins Wasser hineinrollte. Die Königstochter folgte ihr mit
den Augen nach, aber die Kugel verschwand, und der Brunnen war tief, so tief, daß man keinen Grund sah. Da fing sie an
zu weinen und weinte immer lauter und konnte sich gar nicht
trösten. Und wie sie so klagte, rief ihr jemand zu: »Was hast
du vor, Königstochter, du schreist ja, daß sich ein Stein
erbarmen möchte.« Sie sah sich um, woher die Stimme käme,
da erblickte sie einen Frosch, der seinen dicken häßlichen
Kopf aus dem Wasser streckte. »Ach, du bist's, alter Wasser-
patscher«, sagte sie, »ich weine über meine goldene Kugel, die
mir in den Brunnen hinabgefallen ist.« – »Sei still und weine
nicht«, antwortete der Frosch, »ich kann wohl Rat schaffen,
aber was gibst du mir, wenn ich dein Spielwerk wieder herauf-
hole?« – »Was du haben willst, lieber Frosch«, sagte sie,
»meine Kleider, meine Perlen und Edelsteine, auch noch die
goldene Krone, die ich trage.« Der Frosch antwortete: »Deine
Kleider, deine Perlen und Edelsteine und deine goldene Krone, die mag ich nicht: aber wenn du mich liebhaben willst, und
ich soll dein Geselle und Spielkamerad sein, an deinem
Tischlein neben dir sitzen, von deinem goldenen Tellerlein
essen, aus deinem Becherlein trinken, in deinem Bettlein

schlafen: wenn du mir das versprichst, so will ich hinuntersteigen und dir die goldene Kugel wieder heraufholen.« – »Ach ja«, sagte sie, »ich verspreche dir alles, was du willst, wenn du mir nur die Kugel wiederbringst.« Sie dachte aber: »Was der einfältige Frosch schwätzt, der sitzt im Wasser bei seinesgleichen und quakt und kann keines Menschen Geselle sein.«

Der Frosch, als er die Zusage erhalten hatte, tauchte seinen Kopf unter, sank hinab, und über ein Weilchen kam er wieder heraufgerudert, hatte die Kugel im Maul und warf sie ins Gras. Die Königstochter war voll Freude, als sie ihr schönes Spielwerk wieder erblickte, hob es auf und sprang damit fort. »Warte, warte«, rief der Frosch, »nimm mich mit, ich kann nicht so laufen wie du.« Aber was half ihm, daß er ihr sein quak quak so laut nachschrie, als er konnte! Sie hörte nicht darauf, eilte nach Haus und hatte bald den armen Frosch vergessen, der wieder in seinen Brunnen hinabsteigen mußte.

Am andern Tage, als sie mit dem König und allen Hofleuten sich zur Tafel gesetzt hatte und von ihrem goldenen Tellerlein aß, da kam, plitsch platsch, plitsch platsch, etwas die Marmortreppe heraufgekrochen, und als es oben angelangt war, klopfte es an der Tür und rief: »Königstochter, jüngste, mach mir auf.« Sie lief und wollte sehen, wer draußen wäre, als sie aber aufmachte, so saß der Frosch davor. Da warf sie die Tür hastig zu, setzte sich wieder an den Tisch, und war ihr ganz angst. Der König sah wohl, daß ihr das Herz gewaltig klopfte, und sprach: »Mein Kind, was fürchtest du dich, steht etwa ein Riese vor der Tür und will dich holen?« – »Ach nein«, antwortete sie, »es ist kein Riese, sondern ein garstiger Frosch.« – »Was will der Frosch von dir?« – »Ach, lieber Vater, als ich gestern im Wald bei dem Brunnen saß und spielte, da fiel meine goldene Kugel ins Wasser. Und weil ich so weinte, hat sie der Frosch wieder heraufgeholt, und weil er es durchaus verlangte, so versprach ich ihm, er sollte mein Geselle werden, ich dachte aber nimmermehr, daß er aus seinem Wasser heraus könnte. Nun ist er draußen und will zu mir herein.« Indem klopfte es zum zweitenmal und rief:

»Königstochter, jüngste,
mach mir auf,
weißt du nicht, was gestern
du zu mir gesagt
bei dem kühlen Brunnenwasser?
Königstochter, jüngste,
mach mir auf.«

Da sagte der König: »Was du versprochen hast, das mußt du auch halten; geh nur und mach ihm auf.« Sie ging und öffnete die Türe, da hüpfte der Frosch herein, ihr immer auf dem Fuße nach, bis zu ihrem Stuhl. Da saß er und rief: »Heb mich herauf zu dir.« Als der Frosch erst auf dem Stuhl war, wollte er auf den Tisch, und als er da saß, sprach er: »Nun schieb mir dein goldenes Tellerlein näher, damit wir zusammen essen.« Das tat sie zwar, aber man sah wohl, daß sie's nicht gerne tat. Der Frosch ließ sich's gut schmecken, aber ihr blieb fast jedes Bißlein im Halse. Endlich sprach er: »Ich habe mich satt gegessen und bin müde, nun trag mich in dein Kämmerlein, und mach dein seiden Bettlein zurecht, da wollen wir uns schlafen legen.« Die Königstochter fing an zu weinen und fürchtete sich vor dem kalten Frosch, den sie nicht anzurühren getraute, und der nun in ihrem schönen reinen Bettlein schlafen sollte. Der König aber ward zornig und sprach: »Wer dir geholfen hat, als du in der Not warst, den sollst du hernach nicht verachten.« Da packte sie ihn mit zwei Fingern, trug ihn hinauf und setzte ihn in eine Ecke. Als sie aber im Bett lag, kam er gekrochen und sprach: »Ich bin müde, ich will schlafen so gut wie du: heb mich herauf, oder ich sag's deinem Vater.« Da ward sie erst bitterbö- se, holte ihn herauf und warf ihn aus allen Kräften wider die Wand: »Nun wirst du Ruhe haben, du garstiger Frosch.«

Als er aber herabfiel, war er kein Frosch, sondern ein Königs- sohn mit schönen und freundlichen Augen. Der war nun ihr lieber Geselle und Gemahl. Da erzählte er ihr, er wäre von einem bösen Zauberer verwünscht worden, und niemand hätte ihn aus dem Brunnen erlösen können als sie allein, und morgen wollten sie zusammen in sein Reich gehen. Dann schliefen sie ein, und am andern Morgen, als die Sonne sie aufweckte, kam ein Wagen herangefahren mit acht weißen Pferden bespannt, die hatten weiße Straußfedern auf dem Kopf und gingen in goldenen Ketten, und hinten stand der Diener des jungen Königs, das war der treue Heinrich. Der treue Heinrich hatte sich so betrübt, als sein Herr war in einen Frosch verwandelt worden, daß er drei eiserne Bande hatte um sein Herz legen lassen, damit es ihm nicht vor Weh und Traurigkeit zerspränge. Der Wagen aber sollte den jungen König in sein Reich abholen; der treue Heinrich hob beide hinein, stellte sich wieder hinten auf und war voller Freude über die Erlösung. Und als sie ein Stück Wegs gefahren waren, hörte der Königssohn, daß es hinter ihm krachte, als wäre etwas zerbrochen. Da drehte er sich um und rief:

>>Heinrich, der Wagen bricht.<<
>>Nein, Herr, der Wagen nicht,
es ist ein Band von meinem Herzen,
das da lag in großen Schmerzen,
als ihr in dem Brunnen saßt,
als ihr eine Fretsche (Frosch) wast (wart).<<

Noch einmal und noch einmal krachte es auf dem Weg, und der Königssohn meinte immer, der Wagen bräche, und es waren doch nur die Bande, die vom Herzen des treuen Heinrich absprangen, weil sein Herr erlöst und glücklich war.

Die schwarze Prinzessin

Es ist niemand so glücklich, daß er das Wünschen verlernte. Das erfuhren auch ein König und eine Königin. Sie lebten in aller Freude und Herrlichkeit der Welt und saßen doch oft traurig beieinander, denn sie hatten keine Kinder. Eines Tages, als der König ganz verzagt und verzweifelt im Walde herumlief, begegnete ihm ein altes Mütterchen, das fragte ihn, was ihm fehle. »Laß mich zufrieden«, entgegnete der König, »du kannst

mir doch nicht helfen.« – »Wer weiß«, antwortete das Mütterchen, »von alten runzligen Weibern sind oft die schiersten
Ratschläge gekommen!« Da dachte der König: ›Hilft es nicht,
so schadet es auch nicht‹, und offenbarte der Alten seinen
Kummer. Sagte das Mütterchen: »Wenn's weiter nichts ist,
Euch soll bald geholfen werden. Wartet ein Weilchen, ich
komme bald zurück!« Damit humpelte es in den Wald hinein
und pflückte Kräuter und Blumen, die ganze Schürze voll,
brachte sie dem König und sagte, davon solle seine Frau einen
Tee kochen. »Den müßt ihr in Gottes Namen beide trinken,
ehe ihr zu Bette geht, und euer Wunsch wird erfüllt werden.« –
Der König glaubte zwar nicht an die Reden der Alten, aber er
trug die Kräuter doch heim zur Königin, und sie kochte auch
wirklich Tee davon. Wie sie nun beide vor dem Schlafengehen
davon tranken, überkam es den König wieder wie Wahn und
Verzweiflung, und er rief: »Trink, Frau, in Gottes Namen mit
dem Teufel immerzu!«
Das alte Weib hatte den König nicht betrogen. Über neun
Monate genas die Königin eines Mädchens, das war gesund an
allen Gliedern; aber es war kohlschwarz von Farbe. Da dachte
der alte König an seinen lästerlichen Fluch und glaubte, Gott
habe dem Kinde zur Strafe für die schwere Sünde seines Vaters
die schwarze Haut gegeben. Aber es sollte noch schlimmer
kommen. Das Mädchen aß nicht und trank nicht, es lachte nicht
und weinte nicht, es schrie nicht und sprach nicht, und dabei
wuchs es so schnell, daß es mit einem Jahre schon so groß wie
ein fünfjähriges Kind war.
Als nun sein erster Geburtstag kam, tat es um die zwölfte
Stunde der Nacht, zu welcher Zeit es geboren war, plötzlich
den Mund auf und rief: »Vater!« – »Was willst du, mein Kind?«
antwortete erschrocken der König. – »Jetzt spreche ich zum
ersten Male«, versetzte die schwarze Prinzessin, dann tat sie
den Mund zu und war wieder so stumm wie zuvor. Im zweiten
Jahre wuchs das Mädchen so groß, daß es aussah wie eine
Zehnjährige. Um die Mitternachtsstunde des zweiten Geburts-
tages rief sie wieder: »Vater!« – »Was willst du, mein Kind?«

fragte der König noch ängstlicher als das erstemal. – »Jetzt spreche ich zum zweiten Male«, erwiderte seine Tochter, »aber wundern wirst du dich, wenn ich zum dritten Male den Mund auftue.« Damit schloß sie die Lippen und verlebte das dritte Jahr, wie sie die beiden ersten verbracht hatte; nur daß sie am Ende des dritten Jahres zu einer schönen jungen Frau herangewachsen war. Vor dem dritten Geburtstag überkam den König ein Grauen, und er hätte sich lieber hundert Klafter unter die Erde gewünscht als zu seinem Kinde. Doch es ließ ihn nicht fort, er mußte aushalten. Als die Glocke zwölf schlug, öffnete sie, wie sie vorhergesagt hatte, ihren Mund und sprach: »Vater!« – »Was willst du, mein Kind?« entgegnete zitternd der König. »Laßt mir einen eisernen Sarg machen«, sagte die Prinzessin, »legt mich hinein und stellt dann den Sarg vor den Altar in die große Domkirche. Jede Nacht muß ein Soldat an meinem Sarge Leichenwacht halten; geschieht das nicht, so bringe ich Unglück auf Unglück über Euer Reich.« Dann verstummte sie wieder, und der König gehorchte voll Angst dem Befehle.

Ein eiserner Sarg wurde geschmiedet; in den legte man die schwarze Prinzessin wie eine Leiche hinein und trug sie auf einer Bahre in die Kirche. Dort wurde der Sarg vor dem Altar aufgestellt, und ein Soldat wurde dazu kommandiert, die Nacht über bei der Prinzessin Schildwache zu stehen. Als er aber am andern Morgen abgelöst werden sollte, war er verschwunden. Man stellte einen zweiten auf den Nachtposten, doch auch von diesem war am folgenden Tage keine Spur zu finden. Und so ging es Tag für Tag.

Da kam einmal die Reihe an einen Soldaten, der war ein schlauer Gesell und dachte: ›Du kannst wohl etwas Gescheiteres tun, als dich von der schwarzen Teufelsprinzessin verschlingen lassen. Wie wäre es, wenn du dich auf und davon machtest?‹ Und als es Abend wurde, stahl er sich fort, lief über Berge und Felder und kam auf eine schöne Wiese. Da stand plötzlich ein kleines Männchen mit langem grauem Bart vor ihm, das war aber unser lieber Herrgott, der wollte den Jammer, welchen der Teufel

allnächtlich anrichtete, nicht länger mit ansehen. »Wohin des Wegs?« sprach das Graumännchen. »Darf man nicht mit?« Und weil das Alterchen so treuherzig aussah, erzählte ihm der Soldat, daß er fortgelaufen sei und warum er das getan habe. Das graue Männchen aber sprach: »Wenn's weiter nichts ist, so kehre getrost wieder um und geh auf deinen Posten. Ehe es elf schlägt, verstecke dich in der Orgel. Sprich aber ja kein Sterbenswörtchen, wenn die schwarze Prinzessin dich rufen wird.« Der Soldat tat, wie ihm geheißen war; und kaum saß er in seinem Versteck, so erhob sich die Königstochter und schaute nach dem Posten; und als sie ihn nicht erblickte, fing sie an, ihn zu suchen und mit kläglicher Stimme zu rufen: »Schildwach! Schildwach! Wo bist du? Ach, Schildwach, erbarme dich doch!« Aber der Soldat rückte und rührte sich nicht. Endlich kletterte die schwarze Prinzessin in die Orgel, ward ihn gewahr und wollte sich gerade auf ihn stürzen, als die Glocke zwölf Uhr schlug und die Prinzessin wieder in den Sarg zurückkehren mußte.

Als am Morgen die Tür geöffnet wurde und die neue Wache kam, um den Posten abzulösen, da wollte sie ihren Augen nicht trauen, als sie den Soldaten lebendig dastehen sah. Der alte König aber war außer sich vor Freude, wie es ihm gemeldet wurde, und er bot dem Soldaten sogleich dreihundert Taler zur Belohnung, wenn er auch die nächste Nacht wieder den Posten in der Kirche bezöge.

Der Bursch willigte ein; als er aber abends allein in der Kirche war, da überkam ihn ein Grauen beim Anblick der schwarzen Prinzessin, und er floh zur Tür. Auch jetzt aber erschien wieder das Graumännchen und redete ihm Mut ein und gab ihm guten Rat. Diesmal mußte er sich unter dem Altar verstecken. Um elf Uhr stand die Königstochter wieder auf und verließ den Sarg und rief, wie den Tag zuvor, mit herzzerreißender Stimme: »Schildwach! Schildwach! Wo bist du? Ach, Schildwach, erbarme dich doch!« Und als niemand ihr antwortete, rief sie: »Pfui, ich bin wieder betrogen und habe doch solchen Hunger. Schildwach! Schildwach! Kriege ich dich, so fresse ich dich!« Dann suchte sie zuerst die Orgel und darauf die ganze übrige Kirche ab, bis sie auch an den Altar kam. Als sie aber den Burschen erblickte, schlug die Uhr in demselben Augenblicke zwölf, und sie mochte wollen oder nicht, sie mußte wieder in den Sarg zurück; denn mit dem Schlage zwölf war alle ihre Macht gebrochen.

Am folgenden Morgen lobte der König den Soldaten über die Maßen und setzte ihm so lange zu, bis er auch noch die dritte Nacht Wache zu halten versprach, wieder um den Lohn von dreihundert Talern. Das Graumännchen hatte ihm aber in der Nacht vorher den Rat gegeben, wenn er auch noch die dritte Nacht wachen würde, so solle er sich Brot und Wein und Braten mit in die Kirche nehmen. Das tat der Soldat auch und stellte die Speisen und Getränke auf eine Bank bei dem Altare.

Es dauerte gar nicht lange, so trat das graue Männchen auf ihn zu und sprach: »Diesmal krieche unter den Sarg, und wenn die Prinzessin herausgestiegen ist und dich in der Kirche sucht, so lege dich statt ihrer in den Sarg hinein; und wenn sie dann auch noch so sehr jammert und dich zu erwürgen droht, so rühre dich nicht und sprich kein Wort, bis sie dich um der drei Wunden

Christi willen bittet, aufzustehen; dann steh auf, dann ist sie erlöst.« – Der Soldat dankte dem Männlein für den guten Rat und tat, wie es ihm geheißen. Kaum hatte die Prinzessin den Sarg verlassen, so kroch er hervor und legte sich statt ihrer hinein, und es kümmerte ihn wenig, daß sie laut klagend durch die Kirche rief: »Schildwach! Schildwach! Wo bist du? Ach, Schildwach, erbarme dich doch! Ich bin unglücklich. Krieg' ich dich, ich freß dich lebendig!«

Weil die schwarze Prinzessin den Soldaten aber nirgends finden konnte, trat sie an den Sarg, um sich mit dem Schlage zwölf wieder hineinzulegen. Da sah sie, daß der Platz schon besetzt war. Jetzt tobte und schrie sie fürchterlich und drohte, den Soldaten in Stücke zu zerreißen, wenn er nicht mache, daß er aus dem Sarge käme; aber er dachte an die Worte des Männleins und rührte kein Glied. Je mehr sie aber schalt und drohte, desto weißer wurde ihr Gesicht; und als all ihr Wüten nichts half, fing sie zuletzt an zu bitten und sagte: »Steh auf, steh auf! Ich bitte dich um der drei Wunden Christi willen.« Und wie sie das gesprochen hatte, wurde sie weiß vom Kopf bis zur Sohle und wunderschön. Dann reichte sie dem Soldaten freundlich die Hand und sagte: »Du hast mich erlöst; ich bin jetzt aus des Teufels Klauen befreit und nicht anders als die übrigen Menschenkinder. Steh auf, wir wollen essen, denn ich habe Hunger.« Da stand der Soldat auf, und sie aßen von dem Brot und Braten und tranken von dem Wein, den er auf des Graumännleins Befehl mit in die Kirche genommen hatte.

Als mit Sonnenaufgang die Wache kam, um den Posten abzulösen, stutzte sie, machte kehrt, lief zum König und meldete, der Soldat habe seinen Schatz bei sich in der Kirche, und sie säßen am Altare und herzten und küßten sich. Doch der König merkte, was geschehen war; er ließ sogleich seine beste Staatskarosse vorfahren und holte die beiden aus der Kirche ab. Drei Tage darauf wurde Hochzeit gefeiert. Und da der König schon alt war, so übergab er die Regierung seiner Tochter und seinem Schwiegersohn.

Das singende Meerweib

Es war einmal eine Fischerswitwe, die hatte nichts als ihr kleines Mädchen und wohnte mit ihm in einem kleinen Häuschen an der See. Das Kind spielte nirgends lieber als am

A.GABER

Strande; es war, als hätte die See es bezaubert. Da waren tausend Muscheln und fremde Pflanzen und andere Dinge, wie die Ebbe sie zurückließ; es hüpfte so lustig mit beiden Füßchen zugleich ins Wasser und sprang über die kleinen Wellen, die von der See herangerollt kamen.

Aber die Frau sah das gar nicht gern, sie konnte nicht vergessen, daß die See ihr vor ein paar Jahren ihren Mann genommen hatte. »Kind«, sagte sie fast jeden Morgen, »geh ja nicht weiter als bis in die Düne – die See ist falsch. Sie hat deinen Vater verschlungen. Bleib weg von dem bösen, bösen Wasser!«

Aber sie hatte nicht Zeit, immerzu auf ihr Kind aufzupassen, und eines Mittags, als sie das Essen schon auf dem Tisch hatte, kam das Mädchen nicht; sie wartete und wartete, es blieb aus. Da wurde sie unruhig und suchte es überall, lief meilenweit die Dünen ab, fragte alle Fischer, die ihr begegneten – alles war umsonst. Als es Abend wurde und die Sonne hinter dem großen Wasser unterging, kehrte die Frau ganz verzweifelt wieder nach ihrem Häuschen zurück. Die Wellen gingen hoch, fast bis an die Düne, da kam von der See her ein wunderbarer Gesang. Die Frau blieb stehen und sah ein Meerweib, mit langen Haaren voll Wasserblumen, wie die Frau sie noch nie gesehen hatte. Das Meerweib tauchte bis an die Hüften aus dem Wasser auf und sang:

»Ein Wasser-Dach, ein Palast von Kristall,
Da spielen die Liebchen mein allzumal . . .
O Fischer, wirf deine Netze aus . . .
Der Walfisch kommt und sucht seinen Schmaus.«

Als die Fischersfrau von dem Palast und den Liebchen hörte, fiel ihr ein, unter denen könnte ihr Kind sein. Sie fiel auf die Knie nieder und flehte die Meerfrau an, ihr zu sagen, ob sie nicht irgendwo das kleine Mädchen gesehen hätte, das da alle Tage am Strande spielte. »Ganz genau weiß ich, wo das Kind ist«, sagte die Meerfrau. »Auf dem Grunde des tiefen Wassers in meinem kristallenen Schloß, und ist so gesund wie ein Fischchen und spielt wunderschöne Spiele mit meinen anderen Lieblingen.«

Da weinte die Mutter noch mehr und fing an zu bitten, sie möchte ihr doch ihr einziges Kind zurückgeben. Aber die Meerfrau sprach: »Ich habe wohl Mitleid mit dir, aber die See darf kein Menschenleben, das sie einmal genommen hat, an die Erde zurückgeben, nie und nimmer. Nur einmal hinunterlassen in mein Wasserschloß kann ich dich, daß du dein Mädchen noch einmal siehst. Aber hast du auch den Mut, mir zu folgen, hundert Stunden weit übers Wasser bis an den Horizont im Westen, und dann mit mir niederzutauchen, wo die See am tiefsten ist, hundert Stunden tief?« – »Ja, das würde ich wohl«, antwortete die Frau; »ich bin bereit, Euch zu folgen.« Da kam das Weib bis an den Rand der Düne, ließ die Witwe auf seinen Schuppenschwanz sitzen und fuhr übers Wasser dahin, viel schneller als das schnellste Schiff. Und die dunkle Nacht war schon über der ganzen endlosen See, und immer noch ging es weiter, fort nach Westen. Endlich sahen sie aus der Tiefe ein wunderhelles Licht aufstrahlen. »Hier ist es«, sagte die Meerminne. »Nun hol noch einmal Atem, so tief du kannst, und dann fasse Mut! Jetzt steigen wir hinab.« Und das ging viel schneller als die Seereise; in wenigen Augenblicken waren sie in dem herrlichsten Palaste, wovon je ein Mensch hat träumen können. Es war so, wie das Seeweib gesungen hatte: »Das Dach war von Wasser, die Mauern Kristall . . .«, und ein himmlisches goldenes Licht strahlte davon aus und leuchtete viele Stunden weit. Die arme Mutter hatte aber keine Augen für all die Pracht. Sie dachte nur an ihr Kind und sah sich überall nach ihm um. Aber es war keine lebende Seele zu sehen. Da brachte die Meerminne die Frau in einen großen Saal mit silberner Diele und führte sie an eine schöne gläserne Tür, dahinter sahen sie eine Menge Kinder, Mädchen und Jungen, lustig springen und spielen.

Hindurchgucken durfte die Mutter, soviel sie wollte; aber hineinzugehen war ihr verboten. Zuerst konnte sie ihr Kind gar nicht herausfinden, aber endlich, als sie alle Kinder genau ansah, entdeckte sie es mitten in einer Schar lachender Mädchen. Es hatte Backen wie ein Borsdorfer Äpfelchen und war so lustig wie irgendeins. Nun war die Mutter überglücklich. Sie bat die Meerfrau, sie möchte ihr doch erlauben, in dem Schloß zu bleiben, da sie dann näher bei ihrem Kinde wäre, und die Meerfrau war's zufrieden. Nun konnte die Mutter jeden Tag durch die gläserne Tür schauen, soviel sie wollte; und sie konnte sich nie satt sehen. Und jeden Tag fiel sie vor dem Meerweib auf die Knie und bat und flehte, sie möchte sie doch mit ihrem Kinde nach Hause ziehen lassen, aber die Meerminne sagte nein und blieb dabei. Doch endlich konnte sie den Tränen der Mutter nicht mehr widerstehen und sagte: »Ich will dir dein Kind zurückgeben, aber erst mußt du noch eine Bedingung erfüllen.« – »Oh, fordere, was du willst«, sagte die Mutter, »alles, was in meinen Kräften steht, will ich gerne tun.« – »Du sollst mir«, sagte die Meerminne, »einen Mantel weben von deinem eigenen Haar. Hier ist ein Töpfchen mit Fett, davon wird dein Haar schnell und stark wieder wachsen.«

Die Mutter begann sogleich zu werken und zu weben und arbeitete Tag und Nacht, ohne einen einzigen Augenblick zu verlieren. Aber als sie all ihr Haar bis an die Wurzel abgeschnitten und verwebt hatte, da war der Mantel erst halb fertig. Was sollte sie nun anfangen? Aber vielleicht, dachte sie, gibt sich die Meerfrau mit dem halben zufrieden. Doch all ihr Flehen und Bitten half ihr nichts, die Meerminne hatte immer nur die eine Antwort: »Es bleibt bei dem, was ich einmal gesagt habe, ich muß den ganzen Mantel haben.« Halb von Sinnen ging die Mutter zurück nach ihrer Kammer und mußte nun warten und warten, bis ihr Haar wieder lang genug war, und rieb es jeden Abend und Morgen mit Fett ein und sah immer wieder in den Spiegel.

Jahr um Jahr harrte sie und webte sie – endlich war der Wundermantel fertig bis zum letzten Saume; die Frau sprang auf und lief damit zur Meerminne. Die prüfte das Werk und lobte und bewunderte es, während der Frau das Herz klopfte, als wollte es ihr die Brust sprengen. – »Und nun komm«, sprach das Meerweib; sie gingen zur gläsernen Tür, die wurde aufgetan, und heraus trat das Töchterchen, das war inzwischen zu

einem großen schönen Mädchen herangewachsen. Die Glückseligkeit der Mutter läßt sich nicht mit Worten beschreiben.
Nun ließ die Meerfrau eine prächtige Kutsche kommen, spann-
te zwei andere Meerminnen davor und fuhr die Mutter mit
ihrem Kinde über das große Wasser wieder nach Hause.

VON MÄNNERN UND KLUGEN FRAUEN

Hans in der Schule

Als mein Großvater noch ein kleiner Junge war, da lebte im Dorfe ein Mann, der hieß Hans, mit seiner Frau – oder vielmehr lebte eine Frau mit ihrem Manne Hans: denn sie hatte allein die ganze Sorge für Haus und Acker; der Hans machte alles verkehrt, was er angriff.

Einmal sagte Grete – so hieß sie – zu ihrem Manne: »Hans, mach dich gleich auf und trag die Milch in die Stadt. Ich hab' die Kübel schon alle in die Butte gestellt. Sieh, daß du sie nicht verschüttest, und schau, daß du sie für ein gutes Stück Geld an den Mann bringst.«

›Ei‹, dachte Hans, ›dafür will ich schon sorgen‹, nahm die Butte auf die Schulter und ging damit seines Weges. Er war schon ein gutes Stück fortgewandert und sah bereits über die letzten Hügel weg die Kirchtürme der Stadt, da sah er vor sich etwas auf der Straße schimmern. Er ging darauf zu: es war eine kleine Silbermünze. ›Ein gutes Zeichen‹, dachte er, und bückte sich danach. – Aber o weh! Er hatte ganz vergessen, daß er die Butte mit den Milchkübeln auf dem Rücken trug – und die kullerten ihm nun alle über den Kopf, die ganze schöne weiße Milch! Hans erschrak so, daß er dachte, die Welt ginge unter.

Ihm war gar nicht wohl zumute. Und als er nun gar sah, daß das blinkende Ding nichts weiter als ein abgerissener Knopf gewesen war, ärgerte er sich noch mehr.

›Ach, was wird die Grete sagen‹, dachte er, ›wenn sie dies neue Unglück erfährt?‹ Und er kratzte sich ganz tiefsinnig hinter den Ohren. Es blieb ihm aber nichts übrig, als die leeren Kübel zusammenzupacken und ohne Milch und ohne Geld wieder zu seiner Grete zurückzukehren. Na, Kinder, was meint ihr wohl, wie die Grete den armen Hans geschimpft hat, als er so wieder nach Hause kam!

Ein paar Wochen später schickte sie ihn wieder in die Stadt mit frischer Butter und gepökeltem Fleisch, das sollte er ihrem Paten zum Namenstag bringen. – »Mach es aber diesmal klüger als sonst«, sagte sie, »und nimm einmal deine fünf Sinne zusammen!«

»Das werde ich schon«, brummte Hans, nahm den Korb mit Fleisch und Butter und wanderte wohlgemut von dannen.

Er war aber noch nicht weit gekommen, da rauschte es in einem nahen Busch, und ein großer Pudel sprang heraus. Hans hatte außer den Haushunden in seinem Dorfe noch keinen anderen gesehen und bekam einen entsetzlichen Schreck; er meinte, ein Löwe stände vor ihm. Er hielt es für das beste, wenn er, um sich zu retten, ihm Fleisch und Butter vorwürfe. Er warf dem Pudel also rasch Butter und Schinken hin und war froh, daß der vermeintliche Löwe sich nicht mehr um ihn kümmerte, wohl aber mit einem wahren Löwenhunger sich über die schönen Sachen hermachte.

Hans lief nun, so schnell er konnte, nach Hause und erzählte Grete, was er erlebt hatte. Als ihm Grete aber sagte: »Das war ja gar kein Löwe, das war nur ein Pudel, ein Hund! Du bist und bleibst doch ein dummer, dummer Hans!« – da hättet ihr sein verblüfftes Gesicht sehen müssen!

Am folgenden Tage sagte sie zu ihm: »Nimm die Hacke, geh in den Wald und hack Holz!«

Hans tat's, seufzte und dachte: ›Ach, ich mache doch alles verkehrt!‹ Er suchte sich aber doch einen schönen Baum aus und hieb tapfer drauflos. Die unteren Äste hatte er bald ab, und nun sollte es an die oberen gehen; er kletterte an dem Baumstamm hinauf, setzte sich auf den ersten starken Ast und fing an, auf den mit seiner Hacke dicht am Stamme loszuhauen.

Da rief ihn jemand von unten.

Hans blickte hinab, es war ein Jäger, den er noch nie gesehen hatte. »Wenn du so weiter haust«, sagte der Fremde, »dann wirst du bald vom Baum herunterfallen.«

»He, he«, lachte Hans, »woher wißt Ihr das so genau? Ihr seid wohl ein Wahrsager?«

»Zuweilen«, antwortete der Jäger.

»Wenn Ihr ein Wahrsager seid, dann könnt Ihr mir ja auch sagen, wie lange ich noch lebe; das möchte ich zu gerne wissen.«

»Das kann ich wohl«, sagte der Mann, der hatte es natürlich schon weg, daß man sich mit Hans einen hanebüchenen Spaß leisten konnte. »Du mußt mir aber vorher noch eine Frage beantworten: Niesest du zuweilen?«

»O ja«, sagte Hans, »sooft ich in die Sonne sehe.«

»Das ist ein schlimmes Zeichen«, meinte der Jäger bedenklich, »wisse also, sobald du wieder dreimal nacheinander niesest, mußt du sterben.«

»O weh«, jammerte Hans, »da bin ich ja schon so gut wie halbtot!«

Der Jäger lachte laut und ging fort.

Hans aber dachte: ›Ach, wer weiß, ob der Kerl wirklich ein Wahrsager ist‹, nahm seine Hacke und fing wieder an, seinen Ast zu bearbeiten. Noch ein paar Schläge, und der Ast war durch und fiel herab, aber mit ihm zugleich der dumme Hans.

»O weh, jetzt ist er doch ein Wahrsager«, seufzte er, las sein Holz zusammen und humpelte ganz trübselig nach Hause.

»Was ist denn nun wieder?« fragte Grete.

»Ach, mit mir ist's aus«, sprach Hans und schluckte bei jedem Wort, »mein Sterbestündlein ist vor der Tür, ein Jäger hat mir's prophezeit.«

»Du bist ein Narr und der Jäger ein Spaßvogel«, sagte Grete.

»Ja, das hab' ich anfangs auch gedacht; aber er hatte mir auch prophezeit, ich würde vom Baum herunterfallen, und ich bin wirklich heruntergefallen, da hab' ich's gesehen, der Jäger ist ein Wahrsager. Du wirst schon sehen, das andere trifft auch ein.«

»Ach was«, sprach Grete ärgerlich, »setz dir nicht solche Albernheiten in den Kopf; du bist selbst zum Sterben zu dumm!«

»Das wär' das erste Mal, daß meine Dummheit für etwas in der

Welt gut wär'«, seufzte Hans. – Tags darauf sprach Grete:
»Hans, du mußt den Sack Korn zur Mühle tragen.«

»Ja, Grete«, sagte Hans, nahm den Sack auf den Rücken und
ging traurig der Mühle zu; er mußte den ganzen Weg über an
den Jäger und seine Prophezeiung denken.

Als er langsam mit seinem Sack einen kleinen Hügel hinan-
stieg, schien ihm die Sonne gerade ins Gesicht. Da wurde es
ihm himmelangst, daß er jetzt niesen müßte, und die hellen
Schweißtropfen standen ihm an der Stirn. Wirklich, ein paar
Schritte weiter tat er einen mächtigen Nieser.

Er blieb eine Weile vor Schreck stehen; dann stieg er langsam
weiter, aber nach ein paar Augenblicken konnte er's nicht mehr
aushalten; er nieste zum zweiten Male.

»Das ist mein letzter Gang«, stöhnte er und stapfte weiter.

Da nieste er zum dritten Male und erschrak dermaßen, daß er hinschlug und seinen Sack von seinen Schultern und den Steig hinabkollerte.

›Jetzt – bin – ich – tot‹, dachte Hans, blieb liegen und rührte und regte sich nicht.

Sein Sack aber war beim Fallen aufgesprungen, und bald hatten des Müllers Schweine das Korn gefunden und fraßen und fraßen.

Grete wartete indessen zu Hause auf ihren Hans. Wo blieb der nur wieder? Es wurde Abend, und er kam immer noch nicht. Da dachte sie: ›Der hat wieder einen dummen Streich gemacht‹, und lief nach der Mühle, um nach ihm zu schauen. Da bekam sie doch einen Schrecken, als sie den Hans wie tot auf dem Steige liegen sah. Sie rüttelte ihn und schrie: »Hans! Hans! Was ist mit dir geschehen?«

»Ach, Grete«, schluchzte Hans, »siehst du denn nicht, daß ich tot bin?«

»Ein Narr bist du!« schrie die Grete. »Rasch, steh auf und schäm dich, daß du so albern bist.«

»Aber ich hab' doch dreimal geniest.«

»Das mag sein«, antwortete Grete, »aber du sprichst ja und hörst und siehst; das kann ein Toter nicht.«

Hans sah sie ungewiß an.

»Warte nur, mein Küchenbesen soll dich schon überzeugen, daß du lebst. Aber wo hast du denn den Sack mit dem Korn – ist das schon gemahlen?«

»Den Sack, ja, den Sack«, stotterte Hans, »den hab' ich von der Schulter fallen lassen, als ich das drittemal niesen mußte; der muß wohl den Steig hinabgerollt sein.«

»Ach, du allmächtiger Himmel! Das schöne Korn, das schöne Korn«, schrie Grete und lief den Mühlensteig hinab.

Aber da kam sie zu spät, da lag nichts mehr als der leere Sack, die Schweine waren schon fertig mit dem Korn. Da lief sie ganz außer sich nach Hause, ohne sich weiter nach Hans umzusehen. Aber, als er endlich auch nachgezottelt kam, da kriegte er seine

Tracht mit dem Besen; jetzt zweifelte er nicht mehr daran, daß er lebte.

Ein paar Tage danach wollte Grete Honig nach der Stadt schicken, sie dachte aber: ›Wenn ich Hans sage, es ist Honig in dem Gefäß, nascht er mir davon.‹ Also sprach sie zu Hans: »Da, das trag in die Stadt zum Kaufmann, der von uns sonst den Honig kriegt. Diesmal ist es aber kein Honig, sondern ein ganz furchtbares Gift!«

»Gift?« fragte Hans erschrocken.

»Ja, Gift – der Kaufmann weiß schon Bescheid; eil dich nur und sieh zu, daß es möglichst schnell in seine Hände kommt!«

»Ja, möglichst schnell«, sagte Hans und zog ab.

Unterwegs aber kamen ihm ganz sonderbare Gedanken. ›Es ist ein Kreuz mit dir‹, dachte er, ›alles, was du anfängst, mißlingt dir, du magst es anstellen, wie du willst. Das beste wär', wenn du tot wärst, dann machtest du wenigstens nichts Dummes mehr. – Wenn ich jetzt dies Gift hier verzehrte, dann hätte alles Leiden ein Ende. Frisch, Hans, dir ist nicht anders zu helfen‹, und dabei kullerten ihm die hellen Tränen die Backen hinunter. Aber er fing tapfer an, von dem Gift zu essen, und aß und schluchzte und weinte und aß, bis nichts mehr übrig war. Dann machte er sich auf den Weg nach Hause und dachte: ›Nun habe ich mich vergiftet.‹ Als er bereits eine halbe Stunde weitergewandert war, wunderte er sich, daß er immer noch nichts spürte. Endlich kam er nach Hause.

»Nun, hast du das Gift beim Kaufmann abgegeben?« fragte Grete.

Hans schüttelte den Kopf und setzte sich auf die Ofenbank.

»Nein?« schrie Grete. »Hast du's wieder mitgebracht?«

Hans schüttelte wieder den Kopf.

»Wo hast du's denn hingetan?« schrie Grete und hatte schon eine ganz roten Kopf.

»Ich habe es gegessen«, sagte Hans mit Grabesstimme.

»Gegessen?«

»Ja«, antwortete Hans, »ich bin meine Dummheit müde – ich habe mich selbst vergiftet.«

»Nein! – Das ist zuviel!« rief Grete. »Verschlingt der den ganzen kostbaren Honig!«

»Honig?« fragte Hans ganz verwundert.

»Nun ja, freilich, Honig, den allerbesten, den ich aus den Bienenstöcken bekommen hatte. Ich hab' bloß gesagt, es sei Gift, damit du Schleckmaul nicht davon naschen solltest, wie du's gewöhnlich tust!«

»Also – bin ich nicht vergiftet«, fragte Hans – »ich werde also nicht sterben?«

»Besser wär's beinah, wenn das nicht anders mit dir wird. – Aber das muß anders werden, und zwar gleich morgen soll's anfangen; du kommst in die Schule.«

»Was? – Ich in die Schule!« stotterte Hans; das war ihm nun doch in die Glieder gefahren.

»Ja, ich geh' jetzt gleich zum Schulmeister und spreche mit ihm; er soll dich ganz besonders unter die Fuchtel nehmen, noch mehr als alle die anderen.«

»Aber, liebe Grete, bedenk doch«, bettelte Hans, »ich unter die kleinen Kinder!«

»Das hilft nichts, du mußt von Grund aus anfangen, sonst bringen wir die Dummheit nimmer aus dir heraus.«

»Ach, Grete, du wirst sehen, es ist zu spät!«

Doch alles ›Aber Grete, ach Grete!‹ half nichts. Grete ging zum Schulmeister und brachte ihr Anliegen vor. Der wunderte sich zwar sehr, daß er noch so einen alten Schüler bekommen sollte, aber er schlug ihr's nicht ab und versprach ihr, den Hans tüchtig vorzunehmen.

Und am anderen Morgen, als die ersten Schulkinder mit Schiefertafel und Büchern am Haus vorbeikamen, rief Grete: »Hans, Hans, eil dich, die Kinder sind schon alle auf dem Wege!« Dann steckte sie ihm die Fibel unter den Arm, die sie am vorhergehenden Tag besorgt hatte, und schob ihn zur Tür hinaus. Den Kindern in der Schule machte es natürlich einen Heidenspaß, als der große Hans sich zwischen sie setzen mußte, und sie neckten ihn von allen Seiten.

Aber noch schlimmer war das Lernen; damit wollte es gar

nicht vorwärtsgehen, und nach acht Tagen war er noch kein Spürchen gescheiter geworden, und dabei wurde er mit jedem Tage elender und magerer. Denn er mußte nicht bloß Tag für Tag seine vier Stunden in der dumpfen Schulstube absitzen, sondern Grete hörte ihm auch noch jeden Abend seine Aufgaben ab und zankte ihn bei jedem Fehler gehörig aus. Und wenn er dann wieder anfing: »Ach Grete, ich bin ja doch zu alt, laß mich doch aus der Schule bleiben, es geht nichts mehr in meinen Kopf hinein« – dann sagte sie immer: »Geh du nur, wenn's dir auch sauer wird. Du sollst sehen, das wird noch unser Glück.«

So war das schon einen Monat gegangen, da kam einmal, als Hans wieder aus der Schule nach Hause ging, ein schöner Reisewagen daher, mit vier Pferden davor, und gerade als er an Hans vorbeifuhr, löste sich hinten ein Koffer ab und fiel herunter.

»He, halt!« schrie Hans aus Leibeskräften. »Ihr habt was verloren!«

Aber niemand hörte, und der Wagen rollte rasch davon. Da nahm Hans den Koffer und lud ihn auf seine Schulter – er war nicht leicht – und trug ihn nach Hause.

»Was hast du denn da?« fragte Grete neugierig, als er damit angekeucht kam.

Hans erzählte.

»Wir wollen doch mal sehen, was drin ist«, sagte Grete, aber es war nicht so leicht, ihn aufzumachen, der Koffer war mit Eisen beschlagen und fest verschlossen; sie mußten eine Hacke nehmen und ihn aufsprengen. Da bekamen sie ordentlich einen Schrecken, der Koffer war bis zum Rand mit blanken Goldstücken und Talern angefüllt.

»Ach, wenn das doch alles uns gehörte«, sagte Grete und seufzte.

»Nu, wem soll es denn sonst gehören, ich hab' es doch gefunden!« rief Hans.

»Nein, Hans, die Leute, die es verloren haben, kommen sicher zurück und fragen nach – und dann müssen wir ihnen gleich die

Wahrheit sagen! Hörst du! Du mußt es genau so sagen, wie es ist!«

»Je nun, wenn es sein muß, dann will ich es schon tun«, seufzte Hans.

Dann schlossen sie den Koffer zu, ohne ein einziges Geldstück davon zu nehmen, und stellten ihn in eine Ecke der Stube.

Nach dem Essen ging Hans, der schulfrei hatte, in den Gemüse-garten, der ein Stück vom Hause weg lag. Er war noch nicht an der Gartenplanke, da kam ein Diener in roter, goldgalonierter Livree ganz hastig den Weg dahergerannt, auf dem des Morgens der Wagen verschwunden war.

›Aha‹, dachte Hans, ›der sucht den verlorenen Kasten.‹ Und wirklich, als der Lakai Hans sah, winkte er mit seinem Taschen-tuch. »Was gibt's?« fragte Hans.

»Habt Ihr keinen Koffer hier gefunden?« fragte der Rote und trocknete sich den Schweiß von der Stirn.

»O ja«, erwiderte Hans, »als ich in die Schule ging.«

»Dummkopf!« schrie der Bediente, der meinte, Hans wolle ihn foppen, und rannte wütend weiter.

»He! So hört doch – es ist ja noch gar nicht so lange her, daß ich aus der Schule bin!« schrie Hans ihm nach, aber der Lakai hörte nicht und war bald verschwunden und nicht mehr zu sehen. Hans schrie und stand noch eine Weile und sah ihm nach, dann ging er rasch nach Hause und erzählte es Grete.

Grete aber meinte noch immer, die Leute müßten wiederkom-men und nach ihrem Koffer fragen. Aber ein Tag nach dem anderen, eine Woche nach der anderen verging, und keiner meldete sich.

So blieb der Koffer ihr Eigentum, und es erfüllte sich, was Grete prophezeit hatte: durch die Schule hatte Hans sein Glück gemacht; wenn auch anders, als sie es gemeint hatte. Aber klüger wurde Hans doch nicht und machte seine dummen Streiche nach wie vor. Nur, daß ihn jetzt niemand mehr darüber zu schelten wagte – niemand, das heißt außer seiner Frau –, weil er jetzt soviel Geld hatte und er nicht mehr der dumme Hans, sondern der reiche Hans hieß.

Was Vater tut, ist immer recht

Nun will ich dir eine Geschichte erzählen, die ich hörte, als ich noch klein war, und jedesmal, wenn ich später daran dachte, schien sie mir immer schöner zu werden, denn es geht mit Geschichten ebenso wie mit vielen Menschen, sie werden mit zunehmendem Alter schöner und schöner, und das ist so erfreulich!

Du bist doch wohl draußen auf dem Lande gewesen und hast ein richtiges altes Bauernhaus mit Strohdach gesehen? Moos und Kräuter wachsen dort von selbst; ein Storchennest ist auf dem Dachfirst, denn ein Storch darf nicht fehlen. Die Wände sind schief, die Fenster niedrig, ja, es ist nur ein einziges, das geöffnet werden kann; der Backofen ragt wie ein kleiner dicker Bauch hervor, und der Fliederbusch hängt über den Zaun, wo gerade unter dem verkrüppelten Weidenbaum eine kleine Wasserpfütze mit einer Ente und ihren Jungen ist. Ja, und dann ist da ein Kettenhund, der alle und jeden anbellt.

Gerade so ein Bauernhaus war draußen auf dem Lande, und darin wohnten ein paar alte Leute, ein Bauer und seine Frau.

Wie wenig sie auch hatten, so konnten sie doch ein Stück entbehren, das war ein Pferd, das am Graben der Landstraße graste. Der alte Bauer ritt zur Stadt auf diesem Pferd, oft liehen es auch seine Nachbarn von ihm und erwiesen den alten Leuten manchen andern Dienst dafür. Aber es war wohl vorteilhafter für sie, das Pferd zu verkaufen oder es gegen irgend etwas anderes einzutauschen, das ihnen mehr Nutzen einbrächte. Aber was sollte das sein?

»Das weißt du am besten, Vater!« sagte die Frau. »Jetzt ist Markt in der Stadt, reite hin, laß dir Geld für das Pferd geben oder mache einen guten Tausch! Was du tust, ist immer recht. Reite zum Markt!«

Und dann band sie ihm sein Halstuch um, denn das verstand sie besser als er; sie band es mit einer doppelten Schleife, das sah so flott aus, und dann strich sie seinen Hut mit der flachen Hand glatt und küßte ihn auf seinen warmen Mund, und dann ritt er auf dem Pferde, das verkauft oder vertauscht werden sollte, von dannen. Ja, der Alte verstand es!

Die Sonne brannte, keine Wolke war am Himmel zu sehen. Auf dem Wege staubte es, denn es waren viele Marktleute unterwegs, zu Wagen, zu Pferde und auf ihren eigenen Beinen. Es war eine Sonnenglut, und es gab keinen Schatten auf dem Wege.

Da ging einer und trieb eine Kuh vor sich her, die war so hübsch, wie eine Kuh nur sein kann. »Die gibt gewiß auch schöne Milch!« dachte der Bauer, »das wäre ein ganz guter Tausch.«

»Weißt du was, du mit der Kuh!« sagte er. »Wollen wir beide nicht ein bißchen zusammen sprechen? Ein Pferd, sollte ich meinen, kostet mehr als eine Kuh, aber das ist mir einerlei, ich habe mehr Nutzen von der Kuh. Wollen wir nicht tauschen?«

»Jawohl!« sagte der Mann mit der Kuh, und dann tauschten sie.

Nun war es abgemacht, und da hätte der Bauer wieder umkehren können, er hatte ja erreicht, was er wollte, aber da er sich nun einmal vorgenommen hatte, auf den Markt zu gehen, so wollte er auch hin, nur um ihn sich anzusehen, und so ging er mit seiner Kuh weiter. Er schritt rasch zu, und auch die Kuh schritt rasch zu, und nach kurzer Zeit waren sie einem Manne zur Seite, der ein Schaf führte. Es war ein gutes Schaf, in gutem Futterzustand und mit guter Wolle.

»Das möchte ich wohl haben!« dachte der Bauer. »Es würde ihm an unserm Grabenrand nicht an Gras fehlen, und im Winter könnte man es zu sich in die Stube nehmen. Eigentlich wäre es richtiger für uns, ein Schaf zu halten statt einer Kuh. Wollen wir tauschen?«

Ja, das wollte der Mann wohl, der das Schaf hatte, und dann wurde der Tausch gemacht, und der Bauer ging mit seinem Schaf auf der Landstraße weiter. Dort an der Wegkreuzung sah er einen Mann, der eine große Gans unter dem Arme trug.

»Das ist ein schweres Ding, das du da hast«, sagte der Bauer, »es hat Federn und Fett! Es würde sich bei uns am Strick bei unserer Wasserpfütze gut machen! Da hätte Mutter doch etwas, wofür sie Abfälle sammeln könnte. Sie hat oft gesagt, wenn wir doch eine Gans hätten! Nun könnte sie eine haben – und sie soll sie haben! Willst du tauschen? Ich gebe dir das

119

Schaf für die Gans und schönen Dank dazu.« Ja, das wollte der andere gern, und so tauschten sie; der Bauer bekam die Gans.

Jetzt war er nahe an der Stadt, das Gedränge auf der Landstraße nahm zu, da war ein Gewimmel von Volk und Vieh. Sie gingen auf dem Wege und am Graben entlang, gerade bis in den Kartoffelacker des Schlagbaumwärters hinein, wo sein Huhn angebunden war, um sich nicht vor Schreck zu verirren und zu verschwinden. Es war ein stumpfsinniges Huhn, blinzelte mit einem Auge und sah gut aus. »Gluck, Gluck!« sagte es; was es sich dabei dachte, kann ich nicht sagen, aber als der Bauer es sah, dachte er: »Das ist das schönste Huhn, das ich je gesehen habe, es ist sogar schöner als des Pfarrers Bruthenne, das möchte ich wohl haben! Ein Huhn findet immer ein Körnchen, es kann fast selbst für sich sorgen. Ich glaube, es wäre ein guter Tausch, wenn ich es für die Gans bekäme. Wollen wir tauschen?« fragte er. »Tauschen?« sagte der andere. »Ja, das wäre gar nicht übel!« Und dann tauschten sie. Der Schlagbaumwärter bekam die Gans, der Bauer kriegte das Huhn.

Es war eine ganze Menge, was er auf der Reise zur Stadt erreicht hatte, und es war heiß, und er war müde. Ein Schnaps und ein Bissen Brot taten ihm not. Nun war er an der Schenke, und dort wollte er hinein, aber der Hausknecht wollte hinaus, er traf ihn gerade in der Tür mit einem bis obenhin vollgestopften Sack.

»Was hast du da?« fragte der Bauer.

»Faule Äpfel!« antwortete der Knecht. »Einen ganzen Sack voll für die Schweine.«

»Das ist ja eine gefährliche Menge. Den Anblick gönnte ich Mutter. Wir hatten im vorigen Jahre nur einen einzigen Apfel an dem alten Baum beim Torfstall. Der Apfel mußte aufgehoben werden, und er blieb auf der Kommode liegen, bis er ganz verdarb. Das ist doch immerhin Wohlstand, sagte unsere Mutter, hier könnte sie aber erst Wohlstand sehen! Ja, das würde ich ihr gönnen!«

»Ja, was wollt ihr mir dafür geben?« fragte der Knecht.

»Was ich geben will? Ich gebe mein Huhn zum Tausch«, und dann gab er ihm das Huhn, bekam die Äpfel und ging in die Schenke hinein. Seinen Sack mit den Äpfeln stellte er an den Ofen, der eingeheizt war, aber das bedachte er nicht. Es waren viele Gäste anwesend: Pferdehändler, Ochsenhändler und zwei Engländer, und die waren so reich, daß ihre Taschen von Goldstücken strotzten. Sie machten Wetten, das sollst du nun hören.

»Suss! Suss.« Was war das für ein Geräusch am Ofen? Die Äpfel begannen zu braten.

»Was ist denn das?«

Ja, das bekamen sie bald zu erfahren. Und nun erzählte er die ganze Geschichte von dem Pferde, das für die Kuh vertauscht war, und hinab bis zu den faulen Äpfeln.

»Na, du kriegst Knüffe von Mutter, wenn du nach Hause kommst!« sagten die Engländer. »Dann gibt es Krach!«

»Ich kriege Küsse und keine Knüffe!« sagte der Bauer. »Unsere Mutter wird sagen: Was Vater tut, ist immer recht.«

»Wollen wir wetten?« sagten sie, »Goldstücke tonnenweise! Hundert Pfund sind ein Schiffspfund!«

»Ein Scheffel voll ist schon genug«, sagte der Bauer, »ich kann nur den Scheffel mit Äpfeln dagegensetzen, und mich selbst und Mutter auch, aber das ist dann mehr als ein gestrichenes Maß, das ist ein gehäuftes Maß!«

»Topp! Topp!« sagten sie, und so war die Wette abgeschlossen.

Der Wagen des Wirts fuhr vor, die Engländer stiegen auf, der Bauer stieg ein, die faulen Äpfel kamen mit, und dann kamen sie zum Hause des Bauern.

»Guten Abend, Mutter!«

»Guten Abend, Vater!«

»Der Tausch wäre gemacht!«

»Ja, du verstehst deine Sache!« sagte die Frau, faßte ihn um den Hals und beachtete weder den Sack noch die Fremden.

»Ich habe das Pferd für eine Kuh eingetauscht.«

»Gott sei Dank, die schöne Milch!« sagte die Frau. »Nun können wir Milchsuppe, Butter und Käse auf dem Tisch haben! Das war ein herrlicher Tausch!«

»Ja, aber die Kuh habe ich wieder gegen ein Schaf vertauscht.«

»Das ist bestimmt besser!« sagte die Frau. »Du denkst immer an alles. Für ein Schaf haben wir gerade Weide genug; nun können wir Schafmilch und Schafkäse und wollene Strümpfe, ja, auch wollene Nachtjacken bekommen! Das gibt die Kuh nicht, sie verliert ja die Haare! Du bist ein sehr bedachtsamer Mann!«

»Aber das Schaf habe ich gegen eine Gans vertauscht!«

»Wollen wir in diesem Jahr eine Martinsgans haben, Väterchen? Du denkst immer daran, mir eine Freude zu machen. Die Gans kann am Strick gehen und wird noch fetter werden bis zum Martinstag.«

»Aber die Gans habe ich gegen ein Huhn eingetauscht!« sagte der Mann.

»Ein Huhn! Das war ein guter Tausch!« sagte die Frau. »Das Huhn legt Eier, die brütet es aus, wir bekommen Kücken, wir bekommen einen ganzen Hühnerhof! Das habe ich mir gerade so sehr gewünscht!«

»Ja, aber das Huhn habe ich für einen Sack fauler Äpfel vertauscht!«

»Nun muß ich dich erst recht küssen!« sagte die Frau. »Dank, du lieber Mann! Nun muß ich etwas erzählen. Als du fort warst, dachte ich daran, wie ich dir eine richtige Mahlzeit machen könnte: Eierkuchen mit Schnittlauch. Die Eier hatte ich, der Schnittlauch fehlte mir. So ging ich hinüber zu Schulmeisters, die haben Schnittlauch, das weiß ich, aber die Frau ist geizig, die alte Person. Ich bat sie, mir etwas Schnittlauch zu leihen. ›Leihen?‹ sagte sie. ›Nichts wächst in unserem Garten, nicht einmal ein fauler Apfel! Nicht einmal den kann ich Ihnen leihen!‹ Nun kann ich ihr zehn, ja einen ganzen Sack voll leihen. Das ist ein Spaß, Vater!« Und dann küßte sie ihn mitten auf den Mund.

»Das gefällt uns!« sagten die Engländer. »Immer bergab und immer lustig. Das ist schon das Geld wert!«
Und nun zahlten sie ein Schiffspfund Goldstücke an den Bauern, der Küsse und keine Knüffe bekam.
Ja, es lohnt sich immer, wenn die Frau einsieht und erklärt, daß der Mann der Klügste ist und das, was er tut, stets das Rechte ist.

Des Kaisers neue Kleider

Vor vielen Jahren lebte ein Kaiser, der so ungeheuer viel auf hübsche Kleider hielt, daß er all sein Geld dafür ausgab, um recht geputzt zu sein. Er kümmerte sich nicht um seine Soldaten, kümmerte sich nicht um das Theater und liebte es nicht, in den Wald zu fahren, außer um seine neuen Kleider zu zeigen. Er hatte einen Rock für jede Stunde des Tages, und wie man sonst von einem König sagt, er ist im Rate, sagte man hier immer: »Der Kaiser ist in der Kleiderkammer!«

In der großen Stadt, in der er wohnte, ging es sehr munter zu. Jeden Tag kamen viele Fremde, eines Tages kamen auch zwei Betrüger. Sie gaben sich für Weber aus und sagten, daß sie das schönste Zeug, das man sich denken könne, zu weben verständen. Nicht allein Farben und Muster wären ungewöhnlich schön, sondern die Kleider, die von dem Zeuge genäht würden, besäßen auch die wunderbare Eigenschaft, daß sie für jeden Menschen unsichtbar wären, der nicht für sein Amt tauge oder unverzeihlich dumm sei.

»Das wären ja prächtige Kleider«, dachte der Kaiser. »Wenn ich die anhätte, könnte ich ja dahinterkommen, welche Männer in meinem Reiche zu dem Amte, das sie haben, nicht taugen; ich könnte die Klugen von den Dummen unterscheiden! Ja, das Zeug muß sogleich für mich gewebt werden!« Und er gab den beiden Betrügern viel Handgeld, damit sie ihre Arbeit beginnen möchten.

Sie stellten auch zwei Webstühle auf und taten, als ob sie arbeiteten; aber sie hatten nicht das geringste auf dem Stuhle. Frischweg verlangten sie die feinste Seide und das prächtigste Gold, das steckten sie in ihre eigene Tasche und arbeiteten an den leeren Stühlen bis spät in die Nacht hinein.

»Nun möchte ich doch wohl wissen, wieweit sie mit dem Zeuge sind!« dachte der Kaiser. Aber es war ihm ordentlich beklommen zumute bei dem Gedanken, daß derjenige, der dumm war oder schlecht zu seinem Amte paßte, es nicht sehen könne. Nun glaubte er zwar, daß er für sich selbst nichts zu fürchten brauche, aber er wollte doch erst einen andern schicken, um zu sehen, wie es damit stände. Alle Menschen in der ganzen Stadt wußten, welche wunderbare Kraft das Zeug habe, und alle waren begierig zu sehen, wie schlecht oder dumm ihr Nachbar sei.

»Ich will meinen alten ehrlichen Minister zu den Webern senden!« dachte der Kaiser. »Er kann am besten sehen, wie das Zeug sich ausnimmt, denn er hat Verstand, und keiner versieht sein Amt besser als er!« –

Nun ging der gute alte Minister in den Saal hinein, wo die zwei Betrüger saßen und an den leeren Webstühlen arbeiteten.

»Gott behüte uns!« dachte der alte Minister und riß die Augen auf, »ich kann ja nichts erblicken!« Aber das sagte er nicht.

Beide Betrüger baten ihn, gefälligst näher zu treten, und fragten, ob es nicht ein hübsches Muster und schöne Farben seien. Dabei zeigten sie auf den leeren Webstuhl, und der arme alte Minister fuhr fort, die Augen aufzureißen; aber er konnte nichts sehen, denn es war nichts da. »Herrgott!« dachte er. »Sollte ich dumm sein? Das habe ich nie geglaubt, und das darf kein Mensch wissen! Sollte ich nicht zu meinem Amte taugen? Nein, es geht nicht an, daß ich erzähle, ich könnte das Zeug nicht sehen!«

»Nun, Sie sagen nichts dazu?« fragte der eine, der da webte.

»Oh, es ist hübsch! Ganz allerliebst!« antwortete der alte Minister und sah durch seine Brille. »Dieses alte Muster und diese Farben! Ja, ich werde dem Kaiser sagen, daß es mir sehr gefällt.«

»Nun, das freut uns!« sagten beide Weber, und darauf nannten sie die Farben mit Namen und erklärten das seltsame Muster. Der alte Minister paßte gut auf, damit er dasselbe sagen könnte, wenn er zum Kaiser zurückkäme, und das tat er.

Nun verlangten die Betrüger mehr Geld, mehr Seide und mehr Gold, das sie zum Weben brauchen wollten. Sie steckten alles in ihre eigenen Taschen, auf den Webstuhl kam kein Faden, aber sie fuhren fort, wie bisher an dem leeren Webstuhl zu arbeiten.

Der Kaiser sandte bald wieder einen anderen ehrlichen Staatsmann hin, um zu sehen, wie es mit dem Weben stände und ob das Zeug bald fertig sei. Es ging ihm ebenso wie dem Minister; er schaute und schaute, weil aber außer dem leeren Webstuhle nichts da war, konnte er nichts erblicken.

»Ist das nicht ein hübsches Stück Zeug?« fragten die beiden Betrüger und zeigten und erklärten das prächtige Muster, das gar nicht da war.

»Dumm bin ich nicht!« dachte der Mann. »Ist es also mein gutes Amt, zu dem ich nicht tauge? Das wäre lächerlich, aber man darf es sich nicht merken lassen!« Und so lobte er das Zeug, das er nicht sah, und versicherte ihnen seine Freude über die schönen Farben und das herrliche Muster. »Ja, es ist ganz allerliebst!« sagte er zum Kaiser.

Alle Menschen in der Stadt sprachen von dem prächtigen Zeuge.

Nun wollte der Kaiser es selbst sehen, während es noch auf dem Webstuhle war. Mit einer ganzen Schar auserwählter Männer, unter ihnen auch die beiden ehrlichen Staatsmänner, die schon früher dort gewesen waren, ging er zu den beiden listigen Betrügern hin, die nun aus Leibeskräften webten, aber ohne Faser oder Faden.

»Ist das nicht prächtig?« sagten die beiden alten Staatsmänner, die schon einmal dagewesen waren. »Sehen Eure Majestät, welches Muster, welche Farben!« Und dann zeigten sie auf den leeren Webstuhl, denn sie glaubten, daß die andern das Zeug gewiß sehen könnten.

»Was!« dachte der Kaiser. »Ich sehe gar nichts. Das ist ja schrecklich! Bin ich dumm? Tauge ich nicht dazu, Kaiser zu sein? Das wäre das Schrecklichste, was mir begegnen könnte!« – »Oh, es ist sehr hübsch!« sagte er. »Es hat meinen allerhöchsten Beifall!« Und er nickte zufrieden und betrachtete den leeren Webstuhl, denn er wollte nicht sagen, daß er nichts sehen könne. Das ganze Gefolge, das er bei sich hatte, schaute und schaute und bekam nicht mehr heraus als alle andern; aber sie sagten wie der Kaiser: »Oh, das ist sehr hübsch!« Und sie rieten ihm, diese neuen prächtigen Kleider das erstemal bei der großen Prozession, die bevorstand, zu tragen. »Herrlich, wundervoll, exzellent!« ging es von Mund zu Mund; man war allerseits innig erfreut darüber, und der Kaiser verlieh den Betrügern den Ritterorden, im Knopfloch zu tragen, und den Titel: Kaiserliche Hofweber.

Die ganze Nacht vor dem Morgen, an dem die Prozession stattfinden sollte, saßen die Betrüger auf und hatten über sechzehn Lichter angezündet. Die Leute konnten sehen, daß sie stark beschäftigt waren, des Kaisers neue Kleider fertig zu machen. Sie taten, als ob sie das Zeug aus dem Webstuhl nähmen, sie schnitten mit großen Scheren in die Luft, sie nähten mit Nähnadeln ohne Faden und sagten zuletzt: »Nun sind die Kleider fertig!«

Der Kaiser kam mit seinen vornehmsten Kavalieren selbst dahin, und beide Betrüger hoben einen Arm in die Höhe, gerade als ob sie etwas hielten, und sagten: »Seht, hier sind die Beinkleider! Hier ist der Rock! Hier der Mantel!« und so weiter. »Es ist so leicht wie Spinnwebe, man sollte glauben, man habe nichts auf dem Leibe; aber das ist gerade der Vorzug dabei!«

»Ja!« sagten alle Kavaliere; aber sie konnten nichts sehen, denn es war nichts da.

»Belieben Eure Kaiserliche Majestät jetzt Ihre Kleider allergnädigst auszuziehen«, sagten die Betrüger, »so wollen wir Ihnen die neuen anziehen, hier vor dem großen Spiegel!«

Der Kaiser legte alle seine Kleider ab, und die Betrüger taten so, als ob sie ihm jedes Stück der neuen Kleider anzögen. Sie faßten ihm um den Leib und taten, als bänden sie etwas fest, das war die Schleppe; der Kaiser drehte und wendete sich vor dem Spiegel.

»Ei, wie gut das kleidet! Wie herrlich das sitzt!« sagten alle. »Welches Muster, welche Farben! Das ist eine kostbare Tracht!« –

»Draußen stehen sie mit dem Thronhimmel, der über Eurer Majestät in der Prozession getragen werden soll«, meldete der Oberzeremonienmeister.

»Ja, ich bin fertig!« sagte der Kaiser. »Sitzt es nicht gut?« Und dann wandte er sich nochmals vor dem Spiegel, denn es sollte scheinen, als ob er seinen Schmuck recht betrachte.

Die Kammerherren, die die Schleppe tragen sollten, griffen mit den Händen nach dem Fußboden, gerade als ob sie die Schleppe aufhöben. Sie gingen und taten, als ob sie etwas in der Luft hielten; sie wagten nicht, es sich merken zu lassen, daß sie nichts sehen konnten.

So ging der Kaiser in der Prozession unter dem prächtigen Thronhimmel, und alle Menschen auf der Straße und in den

Fenstern riefen: »Gott, wie sind des Kaisers neue Kleider unvergleichlich; welch herrliche Schleppe hat er am Rocke, wie schön das sitzt!« Keiner wollte es sich merken lassen, daß er nichts sah, denn dann hätte er ja nicht zu seinem Amte getaugt oder wäre sehr dumm gewesen. Keine Kleider des Kaisers hatten solches Glück gemacht wie diese.

»Aber er hat ja nichts an!« sagte endlich ein kleines Kind.

»Herrgott, hört die Stimme der Unschuld!« sagte der Vater, und der eine flüsterte dem anderen zu, was das Kind gesagt hatte.

»Er hat nichts an, dort ist ein kleines Kind, das sagt, er hat nichts an!«

»Aber er hat ja nichts an!« rief zuletzt das ganze Volk. Das ergriff den Kaiser, denn es schien ihm, sie hätten recht, aber er dachte bei sich: »Nun muß ich die Prozession aushalten.« Und so hielt er sich noch stolzer, und die Kammerherren gingen und trugen die Schleppe, die gar nicht da war.

Die sieben Schwaben

Einmal waren sieben Schwaben beisammen, der erste war der Herr Schulz, der zweite der Jackli, der dritte der Marli, der vierte der Jergli, der fünfte der Michal, der sechste der Hans, der siebente der Veitli; die hatten alle siebene sich vorgenommen, die Welt zu durchziehen, Abenteuer zu suchen und große Taten zu vollbringen. Damit sie aber auch mit bewaffneter Hand und sicher gingen, sahen sie's für gut an, daß sie sich zwar nur einen einzigen, aber recht starken und langen Spieß machen ließen. Diesen Spieß faßten sie alle siebene zusammen an, vorn ging der Kühnste und Männlichste, das mußte der Herr Schulz sein, und dann folgten die andern nach der Reihe, und der Veitli war der letzte.

Nun geschah es, als sie im Heumonat eines Tags einen weiten Weg gegangen waren, auch noch ein gut Stück bis in das Dorf hatten, wo sie über Nacht bleiben mußten, daß in der Dämmerung auf einer Wiese ein großer Roßkäfer oder eine Hornisse nicht weit von ihnen hinter einer Staude vorbeiflog und feindlich brummelte. Der Herr Schulz erschrak, daß er fast den Spieß hätte fallen lassen und ihm der Angstschweiß am ganzen Leibe ausbrach. »Horcht, horcht«, rief er seinen Gesellen, »Gott, ich höre eine Trommel!« Der Jackli, der hinter ihm den Spieß hielt und dem, ich weiß nicht, was für ein, Geruch in die Nase kam, sprach: »Etwas ist ohne Zweifel vorhanden; denn ich schmeck' das Pulver und den Zündstrick.« Bei diesen Worten hub der Herr Schulz an, die Flucht zu ergreifen, und sprang im Hui über einen Zaun, weil er aber gerade auf die Zinken eines Rechens sprang, der vom Heumachen da liegengeblieben war, so fuhr ihm der Stiel ins Gesicht und gab ihm einen ungewaschenen Schlag. »O wei, o wei«, schrie der Herr Schulz, »nimm mich gefangen, ich ergeb' mich, ich ergeb' mich!« Die andern sechs hüpften auch alle einer über den andern herzu und schrien: »Gibst du dich, so geb' ich mich auch, gibst du dich, so geb' ich mich auch.« Endlich, wie kein Feind da war, der sie binden und fortführen wollte, merkten sie, daß sie betrogen waren: und damit die Geschichte nicht unter die Leute käme und sie nicht genarrt und gespottet würden, verschwuren sie sich untereinander, so lang davon still zu schweigen, bis einer unverhofft das Maul auftäte.

Hierauf zogen sie weiter. Die zweite Gefährlichkeit, die sie erlebten, kann aber mit der ersten nicht verglichen werden. Nach etlichen Tagen trug sie ihr Weg durch ein Brachfeld, da saß ein Hase in der Sonne und schlief, streckte die Ohren in die Höhe und hatte die großen gläsernen Augen starr aufstehen. Da erschraken sie bei dem Anblick des grausamen und wilden Tieres insgesamt und hielten Rat, was zu tun das wenigst gefährliche wäre. Denn so sie fliehen wollten, war zu besorgen, das Ungeheuer setzte ihnen nach und verschlänge sie alle mit Haut und Haar. Also sprachen sie: »Wir müssen einen großen und gefährlichen Kampf bestehen, frisch gewagt ist halb gewonnen!« faßten alle siebene den Spieß an, der Herr Schulz vorn und der Veitli hinten. Der Herr Schulz wollte den Spieß noch immer anhalten, der Veitli aber war hinten ganz mutig geworden, wollte losbrechen und rief:

»Stoß zu in aller Schwabe Name,
sonst wünsch i, daß ihr möcht erlahme.«

Aber der Hans wußt' ihn zu treffen und sprach:

»Beim Element, du hascht gut schwätze,
bischt stets der letscht beim Drachehetze.«

Der Michal rief:

»Es wird nit fehle um ei Haar,
so ischt es wohl der Teufel gar.«

Drauf kam an den Jergli die Reihe, der sprach:

»Ischt er es nit, so ischt's sei Mutter
oder des Teufels Stiefbruder.«

Der Marli hatte da einen guten Gedanken und sagte zum Veitli:

»Gang, Veitli, gang, gang du voran,
i will dahinte vor di stahn.«

Der Veitli hörte aber nicht drauf, und der Jackli sagte:

»Der Schulz, der muß der erschte sei;
denn ihm gebührt die Ehr' allei.«

Da nahm sich der Herr Schulz ein Herz und sprach gravitätisch:

»So zieht denn herzhaft in den Streit,
hieran erkennt man tapfre Leut'.«

Da gingen sie insgesamt auf den Drachen los. Der Herr Schulz segnete sich und rief Gott um Beistand an: wie aber das alles nicht helfen wollte und er dem Feind immer näher kam, schrie er in großer Angst: »Hau! hurlehau! hau! hauhau!« Davon erwachte der Has, erschrak und sprang eilig davon. Als ihn der Herr Schulz so feldflüchtig sah, da rief er voll Freude:

»Potz, Veitli, lueg, lueg, was isch das?
Das Ungehüer ischt a Has.«

Der Schwabenbund suchte aber weiter Abenteuer und kam an die Mosel, ein moosiges, stilles und tiefes Wasser, darüber nicht viel Brücken sind, sondern man an mehreren Orten sich muß in Schiffen überfahren lassen. Weil die sieben Schwaben dessen unberichtet waren, riefen sie einem Mann, der jenseits des Wassers seine Arbeit vollbrachte, zu, wie man doch hinüberkommen könnte. Der Mann verstand wegen der Weite und wegen ihrer Sprache nicht, was sie wollten, und fragte auf sein trierisch: »Wat? wat?« Da meinte der Herr Schulz, er spräche nicht anders als: »Wate, wate durchs Wasser«, und hub an, weil er der Vorderste war, sich auf den Weg zu machen und in die Mosel hineinzugehen. Nicht lang, so versank er in den Schlamm und in die antreibenden tiefen Wellen, seinen Hut aber jagte der Wind hinüber an das jenseitige Ufer, und ein Frosch setzte sich dabei und quakte: »Wat, wat, wat.« Die sechs andern hörten das drüben und sprachen: »Unser Gesell, der Herr Schulz, ruft uns, kann er hinüberwaten, warum wir nicht auch?« Sprangen darum eilig alle zusammen in das Wasser und ertranken, also daß ein Frosch ihrer sechse ums Leben brachte und niemand von dem Schwabenbund wieder nach Haus kam.

A. GABER.

VON FRAUEN, DIE ALLEIN DURCH DIE WELT KOMMEN

Die kluge Gretel

Es war eine Köchin, die hieß Gretel, die trug Schuhe mit roten Absätzen, und wenn sie damit ausging, so drehte sie sich hin und her, war ganz fröhlich und dachte: »Du bist doch ein schönes Mädel.« Und wenn sie nach Haus kam, so trank sie aus Fröhlichkeit einen Schluck Wein, und weil der Wein auch Lust zum Essen machte, so versuchte sie das Beste, was sie kochte, so lang, bis sie satt war, und sprach: »Die Köchin muß wissen, wie's Essen schmeckt.«

Es trug sich zu, daß der Herr einmal zu ihr sagte: »Gretel, heut abend kommt ein Gast, richte mir zwei Hühner fein wohl zu.« – »Will's schon machen, Herr«, antwortete Gretel. Nun stach's die Hühner ab, brühte sie, rupfte sie, steckte sie an den Spieß und brachte sie, wie's gegen Abend ging, zum Feuer, damit sie braten sollten. Die Hühner fingen an braun und gar zu werden, aber der Gast war noch nicht gekommen. Da rief Gretel dem Herrn: »Kommt der Gast nicht, so muß ich die Hühner vom Feuer tun, ist aber Jammer und Schade, wenn sie nicht bald gegessen werden, wo sie am besten im Saft sind.« Sprach der Herr: »So will ich nur selbst laufen und den Gast holen.« Als der Herr den Rücken gekehrt hatte, legte Gretel den Spieß mit den Hühnern beiseite und dachte: »So lange da beim Feuer stehen, macht schwitzen und durstig, wer weiß, wann die kommen! Derweil spring' ich in den Keller und tue einen Schluck.« Lief hinab, setzte einen Krug an, sprach: »Gott gesegne's dir, Gretel«, und tat einen guten Zug. »Der Wein hängt aneinander«, sprach's weiter, »und ist nicht gut abbrechen«, und tat noch einen ernsthaften Zug. Nun ging sie und stellte die Hühner wieder übers Feuer, strich sie mit Butter und trieb den Spieß lustig herum. Weil aber der Braten so gut roch, dachte Gretel: »Es könnte etwas fehlen, versucht muß er werden!« schleckte mit dem Finger und sprach: »Ei, was sind die Hühner so gut! Ist ja Sünd' und Schand', daß man sie nicht gleich ißt!« Lief zum Fenster, ob der Herr mit dem Gast noch nicht käm', aber sie sah niemand; stellte sich wieder zu den Hühnern, dachte: »Der eine Flügel verbrennt, besser ist's, ich ess' ihn weg.« Also schnitt sie ihn ab und aß ihn auf, und er schmeckte ihr; und wie sie damit fertig war, dachte sie: »Der

andere muß auch herab, sonst merkt der Herr, daß etwas fehlt.« Wie die zwei Flügel verzehrt waren, ging sie wieder und schaute nach dem Herrn und sah ihn nicht. »Wer weiß«, fiel ihr ein, »sie kommen wohl gar nicht und sind wo eingekehrt.« Da sprach's: »Hei, Gretel, sei guter Dinge, das eine ist doch angegriffen, tu noch einen frischen Trunk und iß es vollends auf, wenn's all ist, hast du Ruhe: warum soll die gute Gottesgabe umkommen?« Also lief sie noch einmal in den Keller, tat einen ehrbaren Trunk und aß das eine Huhn in aller Freudigkeit auf. Wie das eine Huhn hinunter war, und der Herr noch immer nicht kam, sah Gretel das andere an und sprach: »Wo das eine ist, muß das andere auch sein, die zwei gehören zusammen: was dem einen recht ist, das ist dem andern billig; ich glaube, wenn ich noch einen Trunk tue, so sollte mir's nicht schaden.« Also tat sie noch einen herzhaften Trunk und ließ das zweite Huhn wieder zum andern laufen.

Wie sie so im besten Essen war, kam der Herr daher gegangen und rief: »Eil dich, Gretel, der Gast kommt gleich nach.« – »Ja, Herr, will's schon zurichten«, antwortete Gretel. Der Herr sah indessen, ob der Tisch wohl gedeckt war, nahm das große Messer, womit er die Hühner zerschneiden wollte, und wetzte es auf dem Gang. Indem kam der Gast, klopfte sittig und höflich an der Haustüre. Gretel lief und schaute, wer da war, und als sie den Gast sah, hielt sie den Finger an den Mund und sprach: »Still! still! Macht geschwind, daß Ihr wieder fort kommt, wenn Euch mein Herr erwischt, so seid Ihr unglücklich; er hat Euch zwar zum Nachtessen eingeladen, aber er hat nichts anders im Sinn, als Euch die beiden Ohren abzuschneiden. Hört nur, wie er das Messer dazu wetzt.« Der Gast hörte das Wetzen und eilte, was er konnte, die Stiegen wieder hinab. Gretel war nicht faul, lief schreiend zu dem Herrn und rief: »Da habt Ihr einen schönen Gast eingeladen!« – »Ei, warum, Gretel? Was meinst du damit? – »Ja«, sagte sie, »der hat mir beide Hühner, die ich eben auftragen wollte, von der Schüssel genommen und ist damit fortgelaufen.« – »Das ist feine Weise!« sprach der Herr, und ward ihm leid um die schönen Hühner. »Wenn er mir dann wenigstens das eine gelassen hätte, damit mir was zu essen geblieben wäre.« Er rief ihm nach, er sollte bleiben, aber der Gast tat, als hörte er es nicht. Da lief er hinter ihm her, das Messer noch immer in der Hand, und schrie: »Nur eins! Nur eins!« und meinte, der Gast sollte ihm nur ein Huhn lassen und nicht alle beide nehmen: der Gast aber meinte nicht anders, als er sollte eines von seinen Ohren hergeben, und lief, als wenn Feuer unter ihm brannte, damit er sie beide heimbrächte.

Das Unentbehrlichste

Vor Zeiten hat einmal ein König gelebt, der hatte drei gute und schöne Töchter, die er sehr liebte und von denen er auch herzlich wieder geliebt wurde. Prinzen hatte er nicht, aber es war in seinem Reiche herkömmlich, daß die Thronfolge auch auf Frauen und Töchter überging, und da des Königs Gemahlin nicht mehr am Leben war, so stand dem Könige frei, eine seiner drei Prinzessinnen zu seiner Nachfolgerin auf dem Throne zu bestimmen, und es brauchte gerade nicht die älteste zu sein. Da aber nun derselbe König seine Töchter alle drei gleich liebte, so fiel ihm die Entscheidung schwer, und er ging mit sich zu Rate, diejenige zu wählen, die den meisten Scharfsinn offenbare. Diesen Entschluß teilte er seinen drei Töchtern mit und bestimmte seinen nahe bevorstehenden Geburtstag zur Entscheidung. *Die* sollte Königin werden, welche ihm »das Unentbehrlichste« bringen werde.

Jede der Prinzessinnen sann nun darüber nach, was wohl das Unentbehrlichste sei? Und als der Geburtstag da war, nahte zuerst die älteste, brachte ein feines purpurnes Gewand getragen, und sprach: »Gott der Herr läßt den Menschen nackend in die Welt treten, aber er hat ihnen das Paradies verschlossen, darum ist ihm *Gewand und Kleidung* unentbehrlich.«

Die zweite Tochter brachte auf einem goldenen gefüllten Becher liegend ein frisches Brot, das sie selbst gebacken und sprach: »Das Unentbehrlichste ist dem staubgeborenen Menschen *Trank und Speise*, denn ohne diese vermag er nicht zu leben, darum schuf Gott Früchte des Feldes, Obst und Beeren und Weintrauben und lehrte die Menschen Brot und Wein zu bereiten, die heiligen Symbole seiner Liebe.«

Die jüngste Tochter brachte auf einem *hölzernen Tellerchen* ein Häufchen *Salz* dar und sprach: »Als das Unentbehrlichste, mein Vater, erachte ich das *Salz und das Holz*. Darum haben schon alte Völker den Bäumen göttliche Ehre erwiesen und das Salz heilig gehalten.«

Der König war über diese Gaben sehr erstaunt und nachdenklich, und dann sprach er: »Am unentbehrlichsten ist dem Könige der *Purpur*, denn hat er den, so hat er alles übrige, geht er seiner verlustig, so ist er König gewesen, und ist gemein, gleich andern Menschenkindern. Darum daß du das erkannt, meine älteste geliebte Tochter, soll dich nach mir der königliche Purpur schmücken; komm an mein Herz, empfange meinen Dank und meinen Segen!«

Als der König nun seine älteste Tochter geküßt und gesegnet, sprach er zu der zweitältesten: »Essen und trinken ist nicht allerwege notwendig, mein gutes Kind, und es zieht uns allzusehr in das Gemeine herab. Es zeigt gleichsam die mittelmäßige Menge an, den großen Haufen. Gefällst du dir darin, so kann ich es nicht hindern, wie ich dir auch nicht danken kann für deine übel gewählte Gabe, doch für den guten Willen sollst du gesegnet sein.« Und der König segnete seine Tochter, aber er küßte sie nicht.

Dann wandte er sich der dritten Prinzessin zu, die bleich und zitternd stand, und ahnte, nach dem, was sie gesehen und gehört, was kommen werde.

»Du hast wohl Salz auf deinem hölzernen Teller, meine Tochter«, sprach der König, »aber im Gehirn hast du keins, lebst aber doch, und folglich ist das Salz nicht unentbehrlich. Salz braucht man nicht. Du zeigst mir Bauernsinn mit deinem Salze an, nicht Königssinn, und am steifen hölzernen Wesen habe ich kein Wohlgefallen. Darum kann ich dir nicht danken und dich nicht segnen. Gehe von mir, so weit dich deine Füße tragen, gehe zu den dummen und rohen Völkern, welche, anstatt den lebendigen Gott, alte Holzklötze und Baumstöcke anbeten, und das verächtliche Salz für heilig halten.« –

Da wandte sich die jüngste Königstochter weinend ab vom harten Vater und ging hinweg vom Hofe, und aus der Königsstadt, weit, weit hinweg, so weit sie ihre Füße trugen.

Und kam an ein Gasthaus, und bot sich der Wirtin an, ihr zu dienen, und die Wirtin ward gerührt von ihrer Jugend und Schönheit, und nahm sie als eine Magd in das Haus. Und als die Königstochter sich sehr anstellig erwies in allen häuslichen Geschäften, so sagte die Wirtin: »Es ist schade um das Mädchen, wenn es nichts Ordentliches lernt, ich will ihr das Kochen lehren.« – Und da lernte die Königstochter das Kochen und begriff es sehr leicht, und kochte bald manches Gericht noch besser und noch schmackhafter, als ihre Lehrmeisterin selbst.

Darob bekam das Wirtshaus vielen Zuschlag, bloß weil darin so vortrefflich gekocht wurde, und der Ruf der guten Köchin, die noch dazu so jung und so schön sei, ging durch das ganze Land.

Nun trug sich's zu, daß ihre älteste Schwester sich vermählte und eine königliche Hochzeit ausgerichtet werden sollte, da wurde man Rates, die weit berufene Köchin an den Hof zu berufen, daß sie mit ihrer Kunst dem Feste die Krone aufsetze, denn die Herren am königlichen Hofe, Marschälle, Erbschenken, Erbtruchsesse, Zeremonienmeister, Kammerherren und sonstige Exzellenzen teilten sämtlich nicht jene Ansicht, die einst ihr allergnädigster Herr, der König, ausgesprochen hatte, daß essen und trinken nicht allerweg notwendig sei, und daß es in das Gemeine herabziehe, vielmehr lobten sich alle gute Schmäuse neben feinen Weinen, und huldigten, im stillen mindestens, dem alten wahren Sprichworte: Essen und trinken hält Leib und Seele zusammen.

Das Hochzeitsmahl war köstlich bereitet, auch fehlte dabei nicht das Lieblingsgericht des Königs, welches der Erbtruchseß ganz besonders bestellt hatte, und als das Mahl gehalten ward, kam eine Speise nach der andern auf den Tisch und wurde hoch belobt.

Endlich kam auch die Leibspeise des Königs und ward ihm zuerst dargeboten. Aber als er sie kostete, fand er sie völlig unschmackhaft, seine heiteren Mienen verfinsterten sich, und er sprach zum hinter seinem goldenen Armstuhle stehenden ersten Kämmerlinge: »Dieses Gericht ist ganz verdorben! Das ist sehr fatal, lasse die Schüssel nicht weiter geben, und rufe mir die Köchin herein.« –

Die Köchin trat in den prachtvollen Saal, und der König redete sie unwillig an: »Du hast mir mein Lieblingsgericht verdorben, meine Freude hast du mir versalzen, weil du meine Leibspeise ganz und gar nicht gesalzen hast.« –

Da fiel die Köchin dem Könige zu Füßen und sprach: »Übet Gnade Majestät, mein königlicher Herr, und verzeiht mir! Wie hätt ich wagen dürfen, Euch Salz unter die Speise zu mischen? Hab ich doch vordessen aus eines hohen Königs höchsteigenem Munde die Worte vernommen: Salz braucht man nicht, Salz ist nicht unentbehrlich! Salz zeigt nur Bauernsinn an, nicht Königssinn!« –

In diesen Worten erkannte der König beschämt seine eigenen, und in der Köchin seine Tochter, und hob sie vom Boden auf, darauf sie kniete, und zog sie an sein Herz. Allen Hochzeitsgästen erzählte er die Mär, und ließ die jüngste Tochter wieder an seiner Seite sitzen. Und die Hochzeit wurde nun erst recht fröhlich begangen, und der König war wieder ganz glücklich in seiner Töchter Liebe.

Das Salz ist heilig.

Die schöne junge Braut

Es ging einmal ein hübsches Landmädchen in den Wald, um Futter für ihre Kuh zu holen; wie sie nun in Gottes Namen grasete und an gar nichts Arges dachte, so kamen auf einmal vier Räuber, umringten sie und führten sie mit sich fort, ohne Gnad und Barmherzigkeit, sie mochte schreien und zappeln, bitten und betteln so viel sie wollte. Weit ab von des Mädchens Heimat in einem finstern Walde hatten die Räuber ein Haus, worin sie sich aufhielten, wenigstens blieben immer einige daheim, wenn die andern auf Raub auszogen. Dem Mädchen taten aber die Räuber weiter nichts zuleide, als daß sie sie eben aus ihrer Heimat fortführten, und sie in dem Hause gleichsam gefangen hielten; sie mußte den Haushalt besorgen, kochen, backen und waschen, sonst hatte sie es gut, wurde aber immer scharf bewacht. Dabei hatten ihr die Räuber den Namen gegeben: Schöne junge Braut.

So war nun das Mädchen schon einige Jahre in der Räuberherberge, als es sich einmal traf, daß ein Hauptraub ausgeführt werden sollte, an dem, wenn er gelingen sollte, die ganze helle Bande teilnehmen mußte.

Da das Mädchen sich an das Leben in der Räuberhöhle gewöhnt zu haben schien, auch noch keinen Versuch zu entfliehen gemacht hatte und auch schwerlich durch den wilden Wald die Wege finden würde – so dachte der Hauptmann –, so blieb sie diesmal allein und unbewacht im Waldhause zurück. Aber die Räuber waren kaum fort, so sann die schöne Braut darauf, wie sie unerkannt entfliehen könne. Sie machte geschwind eine Gestalt von Stroh, zog derselben ihre Kleider an, setzte ihr ihre Haube auf, sich selbst aber bestrich sie von Kopf bis zu den Füßen mit Honig, wälzte sich darauf über und über in Federn, so daß sie ganz unkennbar wurde, und aussah, wie ein seltsamer Vogel. Die Gestalt in ihren Kleidern lehnte sie an ein Fenster über der Haustür, und ließ sie hinaussehen, doch mit verdecktem Gesicht, und dann eilte sie von dannen.

Mochte es aber nun sein, daß dem Hauptmann eine Ahnung von des Mädchens beabsichtigter Flucht kam, oder daß etwas vergessen worden war, genug, er sandte einige seiner Räuber nach dem Hause zurück, und gerade mußte es sich treffen, daß ihnen auf ihrem Wege das fiedrige Käuzlein aufstieß. Sie dachten aber, es wäre einer ihrer Kumpane, der sich unkenntlich gemacht hätte, und riefen die Gestalt lachend und fragend an:

»Wohin, wohin, Herr Federsack?

Was macht die schöne junge Braut?«

Diese, die es selbst war, war zwar sehr erschrocken, doch faßte sie sich ein Herz und antwortete mit verstellter Stimme:

»Sie fegt und säubert unser Haus

Und schaut wohl auch zum Fenster heraus!«

Damit machte sie, daß sie den Räubern aus dem Gesichte kam, kam auch glücklich aus dem Walde, erreichte ein Dorf, kaufte sich Kleider, badete sich und erlangte glücklich und wohlbehalten, obschon nach langer Wanderung, ihre Heimat wieder, und da sie nicht gerade das Beste in der Räuberherberge zurückgelassen hatte, sondern für ihren Jahrlohn mitgehen heißen, so hatte sie auch wohl zu leben und heiratete einen wackern Burschen.

Jene Räuber, wie die nun des Hauses ansichtig wurden, sahen die Gestalt der schönen jungen Braut am Fenster und grüßten schon von weitem, indem sie riefen:

»Grüß Gott, o schöne junge Braut,
Die freundlich uns entgegenschaut.«

Da aber der Gruß unerwidert blieb, so verwunderten sich die Räuber, und als sie näher kamen, vermeinten sie, die schöne junge Braut sei eingeschlafen. Vergebens riefen sie, sie ermunterte sich nicht; vergebens geboten sie ihr, zu öffnen, all ihr Pochen und Schreien, Rufen und Schelten war erfolglos, und wütend traten sie zuletzt die Türe in Trümmern, stürmten die Treppe hinauf und faßten die Gestalt der schönen jungen Braut hart an, da fiel ihnen die Strohpuppe in die Arme.

Fitchers Vogel

Es war einmal ein Hexenmeister, der nahm die Gestalt eines armen Mannes an, ging vor die Häuser und bettelte und fing die schönen Mädchen. Kein Mensch wußte, wo er sie hinbrachte; denn sie kamen nie wieder zum Vorschein. Eines Tages erschien er vor der Türe eines Mannes, der drei schöne Töchter hatte, sah aus wie ein armer schwacher Bettler und trug eine Kötze auf dem Rücken, als wollte er milde Gaben darin sammeln. Er bat um ein bißchen Essen, und als die älteste herauskam und ihm ein Stück Brot reichen wollte, rührte er sie nur an, und sie mußte in seine Kötze springen. Darauf eilte er mit starken Schritten fort und trug sie in einen finstern Wald zu seinem Haus, das mitten darin stand. In dem Haus war alles prächtig: er gab ihr, was sie nur wünschte, und sprach: »Mein Schatz, es wird dir wohl gefallen bei mir, du hast alles, was dein Herz begehrt.« Das dauerte ein paar Tage, da sagte er: »Ich muß fortreisen und dich eine kurze Zeit allein lassen, da sind die Hausschlüssel, du kannst überall hingehen und alles betrachten, nur nicht in eine Stube, die dieser kleine Schlüssel da aufschließt, das verbiet' ich dir bei Lebensstrafe.« Auch gab er ihr ein Ei und sprach: »Das Ei verwahre mir sorgfältig und trag es lieber beständig bei dir; denn ginge es verloren, so würde ein großes Unglück daraus entstehen.« Sie nahm die Schlüssel und das Ei und versprach, alles wohl auszurichten. Als er fort war, ging sie in dem Haus herum von unten bis oben und besah alles: die Stuben glänzten von Silber und Gold, und sie meinte, sie hätte nie so große Pracht gesehen. Endlich kam sie auch zu der verbotenen Tür, sie wollte vorübergehen, aber die Neugierde ließ ihr keine Ruhe. Sie besah den Schlüssel, er sah aus wie ein anderer, sie steckte ihn ein und drehte ein wenig, da sprang die Tür auf. Aber was erblickte sie, als sie hineintrat? Ein großes blutiges Becken stand in der Mitte, und darin lagen tote zerhauene Menschen, daneben stand ein Holzblock, und ein blinkendes Beil lag darauf. Sie erschrak so sehr, daß das Ei, das sie in der Hand hielt, hineinplumpste. Sie holte es wieder heraus und wischte das Blut ab, aber vergeblich, es kam den Augenblick wieder zum Vorschein; sie wischte und schabte, aber sie konnte es nicht herunterkriegen.

Nicht lange, so kam der Mann von der Reise zurück, und das erste, was er forderte, war der Schlüssel und das Ei. Sie reichte es ihm hin, aber sie zitterte dabei, und er sah gleich an den roten Flecken, daß sie in der Blutkammer gewesen war. »Bist du gegen meinen Willen in die Kammer gegangen«, sprach er, »so sollst du gegen deinen Willen wieder hinein. Dein Leben ist zu Ende.« Er warf sie nieder, schleifte sie an den Haaren hin, schlug ihr das Haupt auf dem Block ab und zerhackte sie, daß ihr Blut auf dem Boden dahinfloß. Dann warf er sie zu den übrigen ins Becken.

»Jetzt will ich mir die zweite holen«, sprach der Hexenmeister, ging wieder in Gestalt eines armen Mannes vor das Haus und bettelte. Da brachte ihm die zweite ein Stück Brot; er fing sie wie die erste durch bloßes Anrühren und trug sie fort. Es erging ihr nicht besser als ihrer Schwester: sie ließ sich von ihrer Neugierde verleiten, öffnete die Blutkammer und schaute hinein und mußte es bei seiner Rückkehr mit dem Leben büßen. Er ging nun und holte die dritte, die aber war klug und listig. Als er ihr die Schlüssel und das Ei gegeben hatte und fortgereist war, verwahrte sie das Ei erst sorgfältig, dann besah sie das Haus und ging zuletzt in die verbotene Kammer. Ach,

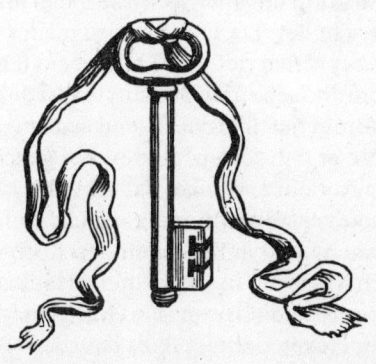

was erblickte sie! Ihre beiden lieben Schwestern lagen da in dem Becken jämmerlich ermordet und zerhackt. Aber sie hub an und suchte die Glieder zusammen und legte sie zurecht, Kopf, Leib, Arme und Beine. Und als nichts mehr fehlte, da fingen die Glieder an sich zu regen und schlossen sich aneinander, und beide Mädchen öffneten die Augen und waren wieder lebendig. Da freuten sie sich, küßten und herzten einander.

Der Mann forderte bei seiner Ankunft gleich Schlüssel und Ei, und als er keine Spur von Blut daran entdecken konnte, sprach er: »Du hast die Probe bestanden, du sollst meine Braut sein.« – Er hatte jetzt keine Macht mehr über sie und mußte tun, was sie verlangte. »Wohlan«, antwortete sie, »du sollst vorher einen Korb voll Gold meinem Vater und meiner Mutter bringen und es selbst auf deinem Rücken hintragen; derweil will ich die Hochzeit bestellen.« Dann lief sie zu ihren Schwestern, die sie in einem Kämmerlein versteckt hatte, und sagte: »Der Augenblick ist da, wo ich euch retten kann: der Bösewicht soll euch selbst wieder heimtragen; aber sobald ihr zu Hause seid, sendet mir Hilfe.« Sie setzte beide in einen Korb und deckte sie mit Gold ganz zu, daß nichts von ihnen zu sehen war. Dann rief sie den Hexenmeister herein und sprach: »Nun, trag den Korb fort, aber daß du mir unterwegs nicht stehen bleibst und ruhest, ich schaue durch meine Fensterlein und habe acht.«

Der Hexenmeister hob den Korb auf seinen Rücken und ging damit fort, er drückte ihn aber so schwer, daß ihm der Schweiß über das Angesicht lief. Da setzte er sich nieder und wollte ein wenig ruhen, aber gleich rief eine im Korbe: »Ich schaue durch mein Fensterlein und sehe, daß du ruhst, willst du gleich weiter!« Er meinte, die Braut rief' ihm das zu, und machte sich wieder auf. Nochmals wollte er sich setzen, aber es rief gleich: »Ich schaue durch mein Fensterlein und sehe, daß du ruhst, willst du gleich weiter!« Und sooft er stillstand, rief es, und da mußte er fort, bis er endlich stöhnend und außer Atem den Korb mit dem Gold und den beiden Mädchen in ihrer Eltern Haus brachte.

Daheim aber ordnete die Braut das Hochzeitsfest an und ließ die Freunde des Hexenmeisters dazu einladen. Dann nahm sie einen Totenkopf mit grinsenden Zähnen, setzte ihm einen Schmuck auf und einen Blumenkranz, trug ihn oben vors Bodenloch und ließ ihn da hinausschauen. Als alles bereit war, steckte sie sich in ein Faß mit Honig, schnitt das Bett auf und wälzte sich darin, daß sie aussah wie ein wunderlicher Vogel, und kein Mensch sie erkennen konnte. Da ging sie zum Haus hinaus, und unterwegs begegnete ihr ein Teil der Hochzeitsgäste, die fragten:

»Du, Fitchers Vogel, wo kommst du her?«
»Ich komme von Fitze Fitchers Hause her.«
»Was macht denn da die junge Braut?«
»Hat gekehrt von unten bis oben das Haus
und guckt zum Bodenloch heraus.«

Endlich begegnete ihr der Bräutigam, der langsam zurückwanderte. Er fragte wie die andern:

»Du, Fitchers Vogel, wo kommst du her?«
»Ich komme von Fitze Fitchers Hause her.«
»Was macht denn da meine junge Braut?«
»Hat gekehrt von unten bis oben das Haus
und guckt zum Bodenloch heraus.«

Der Bräutigam schaute hinauf und sah den geputzten Totenkopf. Da meinte er, es wäre seine Braut, und nickte ihr zu und grüßte sie freundlich. Wie er aber samt seinen Gästen ins Haus gegangen war, da langten die Brüder und Verwandte der Braut an, die zu ihrer Rettung gesendet waren. Sie schlossen alle Türen des Hauses zu, daß niemand entfliehen konnte, und steckten es an, also daß der Hexenmeister mitsamt seinem Gesindel verbrennen mußte.

»Das wissen die Götter!«

Im Tempelhof stand ein kleiner Tempel. Dort lebte ein heiliges Pferd. Es starrte auf ein mageres kleines Mädchen, das durch die Latten des Tempels hindurchguckte.

»Der Wärter, dieser Schuft«, sagte das Pferd wütend, »hat mir schon wieder mein Bohnenbrot gestohlen. Ich bin ein heiliges Pferd, ach, was muß ich alles noch erleben.«

Das kleine Mädchen schob seine schmutzige Hand zwischen das Gitter. »Nimm mein Brot, vielleicht hilft es dir.«

Das Pferd betrachtete die ausgestreckte Hand und nahm das Brot.

»Wer bist du?« fragte es, ohne sich zu bedanken.

»Ich weiß es nicht«, antwortete die Kleine.

»Woher kommst du?«

»Ich glaube, ich fiel vom Mond.«

Das Pferd lachte. »Wer gibt auf dich acht?«

»Ich selber.«

»Wie alt bist du?«

»Neun Jahre«, sagte das Mädchen.

»Und wo schläfst du?« fragte das Pferd weiter.

»Ich schlafe überall, auf den Feldern, unter Bäumen oder wenn es regnet, in den Kirchen. Ich bin oft sehr einsam und wünschte, ich wäre tot.«

Da das heilige Pferd Tränen in ihren Augen sah, sagte es: »Weine nicht, mir geht es auch nicht gut. Ich wurde für fünfzehn Jahre in diesem Tempel eingeschlossen und beneide dich um deine Freiheit. Ich würde viel lieber wie du von Ort zu Ort ziehen und unter Bäumen und in Feldern schlafen.«

Das kleine Mädchen wischte sich die Augen ab und fragte verwundert: »Möchtest du das wirklich?«

»Natürlich möchte ich das. Aber ich bin eingesperrt, ich muß mich den ganzen Tag anstarren lassen und soll glauben, ich sei ein heiliges Pferd.«

»Bist du das nicht?«

Das Pferd schüttelte den Kopf: »Ich bin nicht halb so heilig wie du, die mir ihr Brot gab.«

»Ich dachte, du seist sehr glücklich. Ist das nicht schön, immer bewundert zu werden und Weihrauch geopfert zu bekommen?«

»Als ich ein junges Pferd war, liebte dich das alles sehr. Ich war stolz darauf, aber heute ist es mir verleidet.«

Das kleine Mädchen nickte. »Du bist also nicht eitel?«

»Nein, wahrscheinlich nicht«, sagte das Pferd und lächelte. »Ich wurde ungeduldig, ein Gefangener zu sein. Ich versuchte zweimal, auszureißen, aber die Wärter fingen mich immer wieder ein. Ich weigerte mich, zu essen. Ich wollte sterben, aber der Hunger tat weh, und ich fand es dumm, ja, heute ärgere ich mich sogar, wenn mir ein Wärter das Bohnenbrot stiehlt. Es ist so eng hier in meinem Tempel. Ich kann nicht einmal ausschlagen.«

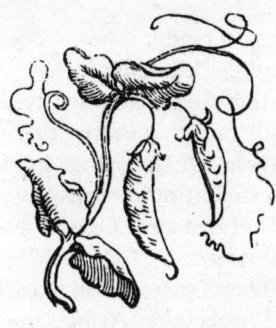

»Ach, trotz deines gestohlenen Bohnenbrotes hast du noch mehr zu essen als wir armen Leute. Ich wäre glücklich, hätte ich drei Tage so viel wie du an einem Tag.«

»Wärst du das wirklich?« fragte das Pferd. »Weißt du, was wir machen können? Wir wollen unsere Plätze wechseln?«

»Was?« rief das Mädchen.

»Du sollst dich nicht in ein Pferd verwandeln und ich nicht in ein kleines Mädchen. Nein, ich will ein Pferd bleiben und du sollst du sein; aber du kommst heute abend zurück, wenn alles schläft, läßt mich heraus und stellst dich an meinen Platz. Ich werde meine Freiheit genießen, und du wirst viele Bewunderer haben.«

Das kleine Mädchen war sehr erstaunt. »Werden sie mich denn nicht töten, wenn ich dich herausgelassen habe und behaupte, heilig zu sein?«

»Du sollst es gar nicht behaupten. Sie werden an Wunder glauben, wenn du an meiner Stelle da stehst.«

»Wann soll ich kommen?« fragte das Mädchen.

»Um Mitternacht. Dann komme ich unbehelligt durch Lan Tan, wo die Leute wissen, daß ich das heilige Pferd bin. Dann aber will ich auf Abenteuer ausgehen.«

Als der Mond aufgestiegen war und die Mitternacht nahte, eilte das kleine Mädchen zum Tempel.

Das Pferd wartete schon ängstlich. »Ich glaubte bereits, du kämst nicht.«

»Ich versprach dir zu kommen. Aber, was soll ich sagen, wenn mich die Priester und die Leute fragen?«

Das Pferd antwortete: »Antworte immer nur: ›Das wissen die Götter!‹ Dann sei still und schaue nur weise um dich. Du kannst sicher sein, sie glauben, ich hätte mich in eine Göttin verwandelt. Hier ist eine Kiste mit prächtigen Seidengewändern. Das ist mein Festschmuck. Lege diese Gewänder um dich, damit sie deine Lumpen nicht sehen.«

»Du bist sehr freundlich«, sagte das kleine Mädchen, stieß den Riegel zurück und legte die Arme um den Nacken des Pferdes.

»Vergiß nicht, daß du einen guten Freund hast, der immer an dich denkt«, sagte das Pferd und trabte aus dem Tempel-hof.

Die Kleine schloß den Käfig, zog die Seidenkleider über und legte sich schlafen.

Mitten in der Nacht erwachte sie und hörte vor ihrem Tempel-gehege zwei Stimmen.

»Was ist eigentlich ein heiliges Pferd?« fragte eine Stimme.

»Galoppieren können doch alle Pferde. Leg den Schatz des Mandarins auf den Rücken des kleinen Kleppers. Wir wollen rasch aus diesem Tal fliehen, bevor wir erwischt werden.«

»Aber was wird aus uns, wenn uns das heilige Pferd erwischt?«

»Sei doch nicht so feig, das Pferd kann nicht sprechen, und wer weiß es sonst?«

»Das wissen die Götter!« sagte das kleine Mädchen.

Entsetzt sahen sich die Diebe um. Sie erblickten die schmächtige Gestalt, in prächtige Kleider gehüllt, ein bleiches Gesicht mit zwei dunklen Augen. Vor Angst schrien sie auf, warfen den Schatz des Mandarins zu Boden und flüchteten in die Nacht hinein.

Das kleine Mädchen lachte, öffnete die Kiste mit dem Schatz des Mandarins und betrachtete den Jadeschmuck, das Gold und die Silberkleider. Sie waren so schön, wie sie noch nichts in ihrem Leben gesehen hatte.

Dann schlief es ein. Als es erwachte, stand die Sonne schon hoch am Himmel. Der Tempelhof war voll neugieriger Leute. Vor ihm stand der Mandarin. Er schaute erstaunt auf das kleine Mädchen, das das heilige Pferd sein sollte. Er blickte auf die gestohlenen Schätze, die daneben lagen, und in ehrfurchtsvollem Ton fragte er: »Von wo kommst du, mein Kind?«

»Das wissen die Götter!« antwortete es ernst.

»Doch wo ist das heilige Pferd?«

»Das wissen die Götter!« sagte es abermals.

Der Mandarin erbleichte. Die Leute fielen auf die Knie nieder und murmelten: »Sie ist eine Göttin.«

Der Mandarin faltete seine Hände über seinem Schatz zusammen. »Wie kommt das hierher?« rief er. »Es wurde die letzte Nacht aus meinem Palast gestohlen!«

»Das wissen die Götter!« sagte es nur und schaute ihm ruhig in die Augen.

»Sie ist eine Göttin, sie weiß alles«, rief der Mandarin. »Es ist ein Wunder geschehen.«

Und da sanken alle auf die Knie nieder und beteten um Dinge, die ihnen einst gestohlen worden waren, weil sie glaubten, die Göttin könne sie wieder herbeibringen. Sie bauten ihr einen großen Tempel und huldigten ihr jeden Tag.

Doch das kleine Mädchen vergaß das heilige Pferd nicht. Es wünschte jeden Tag, es solle zurückkommen, um an all den Herrlichkeiten, die man ihm opferte, teilzuhaben.

Zehn Jahre waren vergangen. Das kleine Mädchen war eine Frau geworden, und von Tag zu Tag wurde sie trauriger.

Keiner der vielen Leute, die zu ihr kamen, war ihr Freund. Sie war reich, unermeßlich reich, aber sehr einsam, allein und traurig.

Eines Abends, als sie im Mondschein spazierenging, kam eine Magd und sagte zu ihr: »Göttin, es ist eine unglaubliche Geschichte geschehen. Vor einer Stunde rasselte es am Tor, und als der Gärtner öffnen wollte, da fand er ein altes weißhaariges Pferd, das einzudringen versuchte. Er jagte das Pferd fort, aber es kam immer wieder und versuchte aufs neue einzudringen. Es will einfach nicht weggehen.«

Da sagte das Mädchen: »Laß das Pferd herein. Ich will keinem Tier den Einlaß verweigern.«

Als die Dienerin zurückkam, führte sie ein Pferd herbei, das ließ den Kopf traurig hängen und trottete müde einher.

Das Mädchen schickte die Dienerin weg und wandte sich an das Pferd. »Heiliges Pferd!« rief es. »Du kommst zurück. Dir verdanke ich all den Reichtum.«

»Ja, ich komme zurück«, sagte das Pferd mit leiser Stimme. »Ich komme zurück und bitte um eine kleine Stallecke, in der ich sterben kann.«

»Hast du die Freiheit nicht genossen, die du dir so sehr ersehntest?«

Das Pferd sagte: »Nein, die Freiheit ist nichts ohne Freundschaft. Du allein warst meine Freundin, und nun bin ich zurückgekommen, um bei dir zu bleiben und zu sterben.«

Da schlang es ihre Arme um den Nacken des Pferdes, streichelte es und weinte mit ihm.

»Bist du vielleicht auch nicht glücklich in deinem Reichtum?« fragte das Pferd.

»Das wissen die Götter!« sagte das Mädchen. »Auch Reichtum ist nichts ohne Freundschaft!«

Und während sich das Mädchen immer fester an das alte, müde Pferd lehnte, verwandelte dieses sich in einen schönen Prinzen.

»Nichts«, sagte er, »ist schön ohne Freundschaft und Liebe!«
»Das wissen die Götter!« sagte das Mädchen und verließ mit
ihm zusammen den Tempel.

Die Räuberbraut

In einem großen Walde lag eine einsame Mühle, das nächste
Dorf war noch weit davon. Der Müller war reich, das wußten
viele, und auch die Räuber wußten das, die in dem Walde
hausten, und hatten es schon lange auf das Geld des Müllers
abgesehen. Eines Tages wollte der Müller mit Weib und Kind
auf eine Hochzeit, und in der Mühle blieb keine Seele zurück
als eine junge Magd, das war aber ein keckes lustiges Ding und
wußte gar nicht, was Furcht war. Vor dem Weggehen sagte der
Müller: »Es könnte sein, daß wir die Nacht ausbleiben und du
allein in der Mühle bist, drum gib hübsch acht und verwahr mir
das Haus gut.« Das Mädchen aber lachte und sagte: »Bleibt
nur, solange ihr wollt, ich passe schon auf.«
Das hatte aber alles ein Räuber mit angehört, der sagte es den
andern, und als es dunkel war, schlichen ihrer zwölf um die
Mühle herum und wollten einbrechen. Wie sie noch spähten,
wo sie am besten herankommen könnten, hörten sie die Magd
ein lustiges Lied singen. Da sprach einer: »Laßt uns das
Mädchen herausrufen, als ob ihr Schatz da wär, dann haben wir
um so leichtere Arbeit.« Und er stellte sich unter das Fenster
und rief mit leiser Stimme: »Liebchen, komm heraus!« Aber sie
sagte: »Komm ein andermal, heute kann ich nicht.«

Unterdessen hatten die andern ein Loch durch die Wand der Mühle gebrochen, doch nur so groß, daß immer bloß einer hindurch konnte. Das hatte die Magd gehört und war mit dem Küchenbeil heimlich vor das Loch getreten. Sowie nun der erste seinen Kopf hindurchsteckte, hackte sie ihm den mit dem Beil ab und zog seinen Rumpf herein. Der zweite dachte: ›Jetzt ist's an dir‹, kroch hinein, und ehe er sich's versah, ging's ihm ebenso wie dem ersten. So tötete sie nacheinander zehn Räuber, dann aber ging es nicht mehr so schnell, weil sie keinen Platz mehr hatte. Da sagte der elfte zu seinem Vordermann: »Mach doch schnell. Was trödelst du denn so lange, bis du durch die Wand kommst. Ich will auch noch was von des Müllers Geld abhaben!« Und so schob er auch seinen Kopf hinein, und das Mädchen schlug den auch herunter. Dem zwölften aber kam das Ding doch verdächtig vor, er zog den Kopf fix wieder zurück, und das Mädchen schlug ihm nur oben die Platte vom Kopfe. Er raffte sich schnell auf und lief weg.

Als am andern Tage die Müllerleute von der Hochzeit zurückkamen, fanden sie die Tür verschlossen und mußten lange klopfen, ehe die Magd aufmachte. Denn sie war, als sie die elf Räuber abgetan hatte, neben den Leichen hingeschlagen und hatte nichts mehr gehört und gesehen und war erst auf das immer wiederholte Pochen erwacht. Noch mehr aber erstaunten sie, als sie hereinkamen und die blutigen Leichen der Räuber sahen und hörten, was geschehen war. Da wußten sie nicht genug Worte des Lobes zu finden für den Mut des Mädchens. Aber seit dem Tage war ihr fröhlicher Sinn dahin, und sie mochte gar nicht mehr singen. Und als nach einiger Zeit ein feingekleideter Herr sonntags in die Mühle kam und um sie anhielt, wollte sie nichts von Heiraten wissen. Aber alle schalten sie, daß sie eine so gute Partie ausschlüge, und redeten ihr so zu, ihn doch zu nehmen, daß sie ihm, als er zum zweiten Male kam, ihr Jawort gab.

Ein paar Tage danach kam der Bräutigam in einer prächtigen Kutsche und holte sie ab. Das Mädchen stieg ein, und sie fuhren weg, zur Hochzeit, wie es hieß. Sie fuhren weit weg durch eine

Stadt, durch ein paar Dörfer und kamen in einen dichten Wald. Da bat der Bräutigam, sie möchte ihn doch einmal kraulen, und nahm seinen Hut ab. »Du hast ja eine bloße Stelle auf dem Kopf«, sprach sie. »Ja, warte nur«, antwortete er – »weißt du noch, wie du meine elf Brüder erschlagen hast mit dem Küchenbeil? Und wie du mir ein Stück vom Kopf gehauen hast? Jetzt bleibt dir nur die Wahl, ob du in Öl gebraten oder mit Nadeln totgestochen werden willst.« Das Mädchen in seiner Todesangst springt aus dem Wagen und läuft weg, aber der Räuber holt sie wieder ein, und sie muß mit in das Räuberhaus. In der Tür stand eine Alte, die den Räubern die Wirtschaft besorgen mußte. Wie sie die junge Magd so blaß und verstört sah, tat sie ihr sehr leid, sie nahm sie bei der Hand und führte sie in ihre Kammer, beruhigte und tröstete sie und sagte: »Du bist doch sonst nicht so furchtsam. Und weil du so klug und so mutig gewesen bist damals in der Mühle, so will ich dir helfen, daß du wieder aus dem Hause kommst; aber du mußt mich nicht verraten.«

Als es Abend wurde, rief der Räuber, sie sollte ihm und seinen Gesellen zu trinken bringen, und das Mütterchen sprach zu der Magd: »Nimm den Krug mit Wein und gib jedem, soviel er will. Du selbst aber trinkst nichts davon, wie sehr sie dir auch zureden. Ich habe einen Schlaftrunk hineingetan, dem kann auch der Stärkste nicht widerstehen. Wenn nun die Räuber am Boden liegen und eingeschlafen sind, kannst du entfliehen, aber alle Türen haben sie verschlossen und alle Fenster verriegelt, du kannst nur durch die Rinne hinaus, aus der das Blut abfließt, wenn sie einen Menschen getötet haben, die ist allein noch offen. Du darfst aber nichts weiter mitnehmen als dein Hemd und dein Halstuch.« Die kluge Magd tat so, wie das Mütterchen es sie geheißen hatte. Als die Räuber im festen Schlaf lagen, zog sie sich aus bis aufs Hemd und Halstuch und kroch mit klopfendem Herzen durch die Rinne, aus der das Blut abfloß, und lief fort, so schnell sie konnte.

Sie war aber noch nicht weit gekommen, da hörte sie die Räuber hinter sich. Gerade kam sie auf eine Wiese, auf der das

Heu in Haufen lag, und rasch kroch sie unter den letzten Haufen. Da kamen auch schon die Räuber und warfen hastig einen Heuhaufen nach dem andern um. Als sie aber das ganze Heu umgekehrt hatten bis auf den letzten, da sagte einer: »Was sollen wir uns noch bei dem aufhalten. Unter dem ganzen Heu ist sie nicht gewesen, so wird sie doch nicht gerade unter dem letzten Haufen sein. Kommt rasch weiter ihr nach!« Als sie weg waren, machte sich das Mädchen auch auf den Weg, aber es war noch weit bis nach Hause, und sie war in großer Angst. Da traf sie einen Wagen, der mit Fellen beladen war, und weil sie nur Hemd und Halstuch anhatte, stieg sie geschwind auf und wickelte sich in das unterste Fell. Gleich darauf waren auch die Räuber da und hielten das Fuhrwerk an. Der Fuhrmann mochte reden und bitten, soviel er wollte, er mußte den ganzen Wagen abladen, und ein Fell nach dem anderen wurde umgewendet. Mit jedem Fell aber wurden die Räuber ungeduldiger, und als grad noch das letzte auf dem Wagen lag, waren sie des Suchens so müde, daß sie sagten: »Wenn sie unter allen nicht versteckt war, ist sie auch unter dem nicht«, und eilten weiter.

So konnte sich das Mädchen wieder auf den Weg machen. Als sie nicht mehr weit von ihrer Heimat war, holte sie ein Wagen mit Backtrögen ein. Sie war todmüde, und so legte sie sich in den letzten, um sich ein wenig auszuruhen. Aber wie sie gerade im Einschlummern war, kamen die Räuber mit Fluchen und Toben und hielten auch diesen Wagen an. »Wenn ihr glaubt, daß sie darunter ist, so seht doch selbst nach!« sprach der Fuhrmann, und die Räuber machten sich wieder daran und warfen einen Trog nach dem andern herab. Aber als sich das Mädchen wieder gar nicht finden wollte, wurden sie es leid, ließen den letzten liegen und sprachen wie vorher: »Sie ist in keinem gewesen, da wird sie auch in dem nicht sein. Kommt weiter!«

So war das Mädchen zum dritten Male davongekommen und langte wohlbehalten zu Hause an; und es ist ihr auch weiter gut gegangen, aber sie hat ihr Lebtag nicht geheiratet.

Die vierzig Drachen

Es war einmal ein König, der war sehr, sehr unglücklich, denn in seinem Schatzhaus brachen jeden Abend 40 Drachen ein und verwüsteten dort alles. Er ließ dicke Schlösser schmieden und vor den Fenstern und Türen anbringen, aber alles nützte nichts. Die Drachen waren stärker und brachen jedes Schloß auf.

Er hatte aber eine Tochter, die wollte nicht länger mit ansehen, wie unglücklich der König war.

»Vater«, sagte die Prinzessin, »laß mir eine eiserne Rüstung und ein Schwert schmieden, so will ich losziehen und die Drachen töten.«

Der König gab also das Schwert und die Rüstung bei den besten Schmieden seines Reiches in Auftrag, und als beides fertig war, sattelte er ihr sein bestes Pferd und gab ihr alle guten Wünsche mit auf den Weg.

Da zog die Prinzessin los.

Sie ritt geradewegs zu der Höhle, in der die Drachen hausten, und klopfte beherzt an die Tür. Die Drachen aber saßen gerade an ihrem großen runden Tisch und spielten Karten, als sie es klopfen hörten. Der kleinste Drache stand auf und ging zur Tür, um nachzusehen, wer dort sei. Er öffnete den oberen Türladen, guckte heraus, und Schwupp! hatte die Prinzessin ihm den Kopf abgehauen. Schnell zog sie den ganzen Drachen zur Tür heraus und versteckte ihn hinter dem nächsten Felsen.

Als der kleinste Drache nicht wiederkam, ging ein anderer zur Tür, um nachzusehen, wo sein Bruder so lange bliebe. Neugierig steckte er den Kopf hinaus, und Schwupp! hatte die Prinzessin ihm den Kopf abgeschlagen und legte den toten Drachen zu dem anderen hinter den Felsen.

Da dachte der dritte Drache, dem das Kartenspiel schon etwas langweilig geworden war, daß seine zwei Brüder draußen vor der Höhle vielleicht etwas Lustigeres spielten, ging neugierig zur Tür, steckte den Kopf hinaus und Schwupp! rollte wieder ein Drachenkopf.

Einer nach dem anderen kam nun zum Türladen, und die Prinzessin tötete sie alle mit ihrem Schwert.

Als sie 39 Drachen geköpft hatte, da kam der vierzigste. Das war aber der Älteste, und er schob seinen Kopf erst einmal ganz, ganz vorsichtig hinaus. Die Prinzessin hieb zu, schlug ihm aber nur ein Stück der Nase ab, weil er den Kopf schnell genug wieder zurückgezogen hatte. Sie hörte es drinnen poltern und dachte, der letzte Drache sei nun auch tot, und weil sie ihn ja vor keinem anderen Drachen mehr zu verstecken brauchte, ließ sie ihn einfach in der Höhle zurück und merkte nicht, daß er noch lebte.

Der König gab nun ein großes Fest, und sie lebten herrlich und in Freuden und vergaßen übers Jahr die Geschichte mit den Drachen ganz und gar.

Bald kam die Prinzessin in das Alter, da sie sich verheiraten wollte, und sie bat deshalb ihren Vater, im ganzen Land verkünden zu lassen, alle jungen Männer sollten zum Schloß kommen und vor ihrem Fenster vorbeiziehen. Sie wollte einen goldenen Apfel dem Mann zuwerfen, der ihr am besten gefiel.

Als der Drache das hörte, ließ er sich sein Gesicht herrichten und vergolden und sah wie ein Mensch aus, und als er am Fenster der Prinzessin vorbeizog, da fand sie Gefallen an ihm und warf ihm den Apfel zu. Die Hochzeit wurde gefeiert, und dann zog das junge Paar in einer Kutsche von dannen, und der Drache erzählte von seinem wunderhübschen Schloß, auf das sie nun ziehen würden.

Als sie aber ein Stück gefahren waren und keine Menschenseele mehr zu sehen war, da betrachtete die Prinzessin ihren Bräutigam eine ganze Weile von der Seite und überlegte und überlegte und hatte das Gefühl, ihn früher schon einmal gesehen zu haben, konnte sich aber nicht erinnern, wo das gewesen sein könnte. Ihr war aber, als hätte das nichts Gutes zu bedeuten, und ein unheimliches Gefühl beschlich sie, bis sie plötzlich hinter einem seiner Ohren ein kleines Stückchen grüne Haut schimmern sah. Da wußte sie, daß es der 40. Drache sein mußte.

»Laß uns eine Rast einlegen«, bat sie, »mein Vater hat uns
gutes Essen und Wein mitgegeben, das wollen wir dort drüben
am Waldrand gemütlich zu uns nehmen, und dann könnten wir
ein wenig schlafen. Wir haben ja noch einen weiten Weg vor
uns.«

Der Drache war zufrieden, und sie sah zu, daß er nur ordentlich aß und trank, und schenkte ihm nach, sobald sein Becher nur halbleer war. Bald fiel er in einen tiefen Schlaf. Die Prinzessin aber schlich sich leise zur Kutsche und jagte mit den Pferden nach Hause, als sei der Teufel hinter ihr her. Der Drache schlief noch drei ganze Tage, soviel Wein hatte er getrunken.

Nicht lange danach vermählte sich die Prinzessin abermals, und weil sie wußte, daß der Drache eines Tages wiederkommen würde, baute sie sich mit ihrem neuen Mann zusammen ein Schloß auf einem einsamen Felsen mitten im Meer. Unter der Treppe mußten Tag und Nacht zwei Diener stehen, die siedeten Pech und Teer und sorgten dafür, daß das Feuer unter dem riesigen Kessel nie ausging.

Eines schönen Tages, als der Prinz gerade auf Reisen war, legte in der Bucht ein Schiff an. Die Prinzessin schickte einen Diener hin, der sollte fragen, wem das Schiff gehörte, erhielt aber nur die Auskunft, es gehöre einem Grafen, der nach fernen Ländern unterwegs sei. Der Graf bitte darum, einen Tag hier vor Anker gehen zu dürfen.

Die Prinzessin dachte sich nichts weiter dabei, wunderte sich nur ein wenig darüber, daß niemand von der Besatzung an Land kam. Sie beobachtete das Schiff eine Weile von ihrem Fenster aus, aber den Grafen konnte sie nirgends an Deck ausfindig machen.

Des Nachts aber wurde sie plötzlich von einem Geräusch geweckt, und als sie die Augen aufschlug, da sah sie den Drachen zu ihrem Fenster hereinsteigen.

»Hab ich dich endlich gefunden!« sagte er zufrieden. »Steh auf und komm mit!«

»Geh du voran«, sagte die Prinzessin, »ich bin so schlaftrunken, daß ich den Weg nicht richtig sehe. Da lang!« Und sie zeigte dem Drachen die Richtung zur Hoftreppe.

Der Drache ging nun nichtsahnend vorneweg, die Prinzessin hinterdrein, und als sie gerade über dem großen Kessel waren, gab sie ihm einen kräftigen Stoß, und er fiel mitten in das heiße Pech hinein.

Bald darauf kam ihr Mann nach Hause, und als sie sich geherzt und geküßt hatten, da nahm sie ihn bei der Hand und sagte: »Komm einmal mit, ich muß dir etwas zeigen.«

Sie führte ihn zu dem Kessel, der ja nun nicht mehr geheizt wurde, da ragten aus dem kalten schwarzen Pech die vier Beine des Drachen nach oben.

Nun hatten sie ihr Lebtag nichts mehr von ihm zu befürchten.

Das blaue Flämmchen

Einst lebte ein einzelner alter Herr in einem uralten Hause, bei dem blieb selten ein Gesinde lange, und alle die Dienstboten, die er gehabt, erzählten, es sei nicht recht geheuer in dem Hause; man höre Gespenster rumoren, sehe Flämmchen an dunklen Orten und werde auch auf sonstige Weise von Spukdingern geschreckt. Nun geschah es, daß bei diesem Herrn abermals eine neue Magd einzog, welche Anna hieß, und nach der ersten Nacht fragte der Herr die Dienerin, wie sie geschlafen habe? denn er besorgte sich, schon wieder Klage über Geisterspuk im Hause zu vernehmen. Die muntere Dirne aber antwortete ihm, sie habe ganz gut geschlafen. Eine gleiche Antwort auf die gleiche Frage erfolgte auch am zweiten Morgen. Am dritten Morgen aber verschlief sich die Magd, war denn verlegen, und sagte: »Mir war die ganze Nacht, als tanze um mein Bette herum ein bläuliches Lichtlein, und das flüsterte fort und fort: ›Geh, Ann, geh, Ann!‹, so daß ich nicht eher einschlafen konnte, als gegen Morgen beim ersten Hahnschrei.«

Wie nun einige Nächte hintereinander diese Beunruhigung fortdauerte, so zeigte das Mädchen Neigung, den neuangetretenen Dienst wieder zu verlassen; das war dem Herrn leid, und er sagte zu der Anna: »Weißt du was, Anna, sprich doch einmal mit dem Herrn Pfarrer darüber, vielleicht kann dieser dir einen guten Rat erteilen.« –

Der Geistliche sagte nun zur Anna, als diese ihn fragte: »Wenn das blaue Licht ein Geist ist und dich ruft, so ziehe dich schnell an und folge ihm, sei aber dabei sorglich auf deiner Hut, daß du nichts von ihm annimmst, nichts ergreifst, was er dir bietet, nichts tust, was er dir heißt, und daß er dir stets voran gehe. Tust du genau nach diesem Rate, so kann es dein Glück sein.«

Abends war die Dirne kaum ins Bette, so tanzte das blaue Flämmchen wieder um dasselbe herum und flüsterte wieder: »Geh, Ann, geh, Ann!«
»Wenn es denn sein muß«, sagte Anna, indem sie aus dem Bette und rasch in die Kleider fuhr, »so gehen wir.«
»Geh, Ann!« flüsterte das Flämmchen. »Geh du voran!« sprach Anna, und da flackerte das Flämmchen vor ihr her, über einen

Gang, die Treppe hinunter, bis vor die Kellertüre. Dort flüsterte das Flämmchen wieder: »Schließ auf, Ann!« – »Schließ du auf!« sagte Anna, »ich habe keinen Schlüssel.«
Da schien das Flämmchen die Gestalt eines kleinen weißen Weibleins zu gewinnen, das hauchte gegen das Schlüsselloch, und da ging die Kellertüre auf. Jetzt schwebte die bläulich schimmernde Gestalt die Kellertreppe hinunter vor Anna her, nach des Kellers hinterster Ecke. Dort lehnte eine Hacke an der Mauer, und das Weibchen, dessen bläulicher Lichtschimmer den Keller leidlich hell machte, deutete auf das Werkzeug, und flüsterte: »Hacke hier ein Loch, Ann!« – »Hacke *du* ein Loch!« sprach Anna, »ich brauche keins.«
Und da ergriff das Weiblein wirklich die Hacke und arbeitete tüchtig darauf los; nach kurzer Weile kam ein Kesselchen zum Vorschein, darinnen lagen allerhand schöne Sachen, alte Goldmünzen und Schmuck von guten Perlen und Edelsteinen. »Heb, Ann! Heb heraus, Ann!« flüsterte der Geist, aber Anna sprach ganz ruhig: »Hebe du heraus, ich könnte mir Schaden tun.« Da hob auch das Weiblein das Kesselchen aus dem Boden, und setzte es vor Anna hin, daß es klang und klirrte, das viele Gold und Silber, welches darinnen lag.
»Trag's h'nauf, Ann, in deine Kammer!« flüsterte das Frauchen – doch Anna sagte: »Trag's selber h'nauf. Mir ist's zu schwer.« Da hob das Weiblein das Kesselchen und flüsterte wieder: »Geh, Ann, geh, Ann!« – und Anna erwiderte: »Geht nicht an! Der Leuchter geht voran!« So ging denn auch das Weiblein wieder aufwärts voran, aber langsam, denn es trug schwer an dem Kesselchen und ächzte und stöhnte alle die Treppen hinauf bis in Annas Bettkammer. Da setzte es das Kesselchen hin, und Anna legte sich wieder in ihr Bette, und um das Bette tanzte wieder das bläuliche Licht. Da schlug Anna ein Kreuz und sprach: »Hast du mir geholfen, so helfe dir Gott Vater, Gott Sohn, Gott heiliger Geist in das ewige Himmelreich, Amen!«
Da stand noch einmal das weiße Weiblein in klarer Gestalt vor Anna, und sein Gesicht leuchtete im Schimmer reinster Freude – dann verschwand es plötzlich. Anna schlief ruhig ein, und als

sie am Morgen erwachte, glaubte sie, es habe sie das alles nur geträumt. Aber siehe da – das Kesselchen war noch vorhanden, und ein ansehnlicher Schatz war ihr beschert. Nie spukte wieder ein Geist im Hause des alten Herrn.

Die junge Gräfin und die Wasserfrau

In alten Zeiten war einmal eine Gräfin, die ging eines Tages, da sie sich nicht wohl befand, an einem See spazieren. Da hörte sie im See die Wasserfrau sprechen und redete sie an, und wirklich, die Wasserfrau kam hervor und unterhielt sich mit ihr. Auch später sprachen sich die beiden noch öfters an diesem See und wurden so vertraut miteinander, daß die Wasserfrau ihr anbot, sie wolle als Patin das Kind zur Taufe halten, das die Gräfin gerade damals zu bekommen hoffte. Dies Versprechen nahm die Gräfin auch gern an, und als sie bald darauf wirklich eine kleine Tochter kriegte, so lud sie auf einen bestimmten Tag die Wasserfrau als Patin ein.

Als der Tag da war, und die Gräfin alles zur Taufe zugerichtet hatte, fehlte nur die Patin noch. Man wartete und wartete, aber immer umsonst. Endlich ging die Tür auf, und die Wasserfrau trat herein mit einem großen weißen Schleier, der war aber halb naß. Sie hielt nun das Kind zur Taufe und legte ihm als Patengeschenk ein Körbchen mit drei Eiern unters Kissen, dabei sagte sie, diese Eier solle man recht sorgsam aufheben, die könnten dem Kinde einmal nützlich werden.

Nicht lange nachher, da starb die Gräfin. Die Frau, die der Graf alsdann wieder heiratete, bekümmerte sich nicht viel um das Kind der verstorbenen Gräfin, weil sie's nicht leiden konnte, und übergab es deshalb einem Kindermädchen, das konnte mit ihm machen, was es wollte, und ging oftmals mit ihm spazieren und ließ es dann ganz allein in der Nähe des Sees spielen. Da kam aber jedesmal die Wasserfrau und hütete es und erzählte ihm allerlei hübsche Geschichten. Da gedieh die junge Gräfin sehr wohl und war schon ziemlich erwachsen, als in einer Nacht das Schloß ihres Vaters abbrannte und er mit einem Male ein ganz armer Mann wurde.

In dieser Not flüchtete sich die junge Gräfin mit ihrem Eierkörbchen, das sie gerettet hatte, zu ihrer Patin im See und fragte sie um Rat, was sie jetzt anfangen sollte. Als die Wasserfrau sah, daß die junge Gräfin die drei Eier noch hatte, so sagte sie zu ihr: »Du bist noch reich genug; denn durch diese Eier werden dir drei Wünsche, die du tun darfst, gewährt, sie mögen so groß und so schwer sein, wie sie wollen. Indes mußt du ja nicht leichtsinnig deine Wünsche verschwenden und immer noch für den Notfall einen aufsparen.« Sodann sagte sie ihr weiter, sie solle durch den Wald zu einer hohen Herrschaft gehen und sich dort als Dienstmagd verdingen. Ja, damit war die junge Gräfin wohl zufrieden und machte sich sogleich auf den Weg dahin.

Unterwegs aber traf sie ein Bauernmädchen, das hieß Kätterle und hatte ganz gewöhnliche Kleider an. Weil sie nun besorgt war, daß man sie in ihren vornehmen Kleidern nicht leicht als Dienstmagd nehmen würde, so fragte sie das Kätterle, ob sie nicht Lust habe, die Kleider umzutauschen und die ihrigen dafür anzuziehen? Ja, dem Kätterle war es ganz recht, und so gab die junge Gräfin ihren ganzen Anzug hin und zog dafür die Bauernkleider an.

Dann wanderte sie allein weiter durch einen großen Wald und kam zu einem Schloß, darin wohnte eine vornehme Herrschaft, bei der fragte sie an, ob man keine Dienstmagd brauche. O ja, die könnte man wohl brauchen, hieß es, allein die Gräfin sah doch gar zu jung aus, so daß man sie anfangs nicht nehmen wollte. Weil sie indes nur sehr wenig Lohn forderte und versprach, daß sie jede Arbeit im Hause und in der Küche tun wolle, so behielt man sie endlich doch. Und da mußten nun ihre weißen Händchen die härteste Arbeit verrichten und wurden auch ganz hart und braun davon. Auch ihre Kleider sahen zuletzt von der Arbeit ganz schmierig und schmutzig aus – denn neue konnte sie sich nicht anschaffen –, so daß sie deshalb die Zimmer der vornehmen Herrschaft niemals betreten durfte.

So waren schon sieben Jahre hingegangen, und die junge Gräfin war noch immer Dienstmagd und Küchenmädchen.

Da gedachte der Sohn des Hauses sich zu verheiraten, und um sich die schönste Frau aussuchen zu können, veranstaltete er einen großen Ball, dazu wurden alle vornehmen Töchter aus der Umgebung eingeladen. Als die nun eines Abends in prächtigen Kleidern ankamen, da dachte die junge Gräfin: ›Es wäre doch schön, wenn ich auf den Ball könnte!‹ Da fielen ihr plötzlich die drei Eier ein, und nachdem sie ihre Arbeit in der Küche getan hatte, nahm sie Wasser, ging auf ihr Zimmer und wusch sich und wünschte sich dann ein recht hübsches Ballkleid mit allem, was dazugehörte. Im Augenblick war alles da. Voller Freude zog sie es an und ging in den Ballsaal, da waren die Gäste schon versammelt, und alle bewunderten die schöne unbekannte Frau. Auch dem Sohne vom Hause gefiel sie so gut, daß er sich den ganzen Abend am liebsten mit ihr unterhielt und sie bat, als sie fortging, ihm ihr Taschentuch zu schenken; das tat sie gern, und er gab ihr denn zum Andenken das seinige. Dann schlich sie sich ganz heimlich auf ihre Schlafkammer und versteckte das prächtige Ballkleid und zog wieder ihr schlechtes Küchenkleid an.

Am folgenden Tage nun sprachen die übrigen Mägde viel von der fremden schönen Frau, die dem Herrn so gut gefallen habe; und die eine vermutete dies, die andere das. Das alles hörte die junge Gräfin aufmerksam mit an und war ganz still und vergnügt dabei.

Nach vier Wochen gab der junge Herr einen zweiten Ball, und wie die Mägde sich erzählten, so wollte er an diesem Abend sich eine Frau auswählen. Da meinte die junge Gräfin, sie möchte doch auch wohl dabeisein, und konnte es nicht unterlassen, ihren zweiten Wunsch zu tun und sich für den Ball ein Kleid voll Diamanten nebst allem übrigen Schmuck zu wünschen. Das legte sie an und trat wieder zuletzt in den Saal. Da staunten alle Herren und Damen noch weit mehr als das erste Mal über das wunderschöne Fräulein, am meisten aber der junge Hausherr selbst; der wich gar nicht mehr von ihrer Seite und gestand ihr am Ende, daß er sie lieber habe als alles, was es sonst noch auf der Welt geben möge, und wenn sie ihn ebenfalls liebhaben könne, so solle sie seine Frau werden.

Da sagte ihm aber die junge Gräfin, sie fürchte nur, es werde sein Wort ihn gereuen, sobald er erführe, wer sie sei.

Allein, als er sagte, sie möge sein, wer sie wolle, er habe niemand so lieb wie sie und könne nicht mehr leben ohne sie, da willigte sie endlich ein und nahm den Ring, den er ihr gab, und gab ihm dagegen ebenfalls einen Ring, den sie von ihrem Finger zog. Zugleich wurde verabredet, daß sie in vier Wochen wiederkommen und dann wirklich seine Frau werden sollte. Darauf ging sie wieder ganz allein fort, so daß niemand wußte, wo sie geblieben war.

Die Mägde aber sprachen am andern Tage viel von der schönen jungen Braut und wie der junge Hausherr sie so liebhabe. Das alles hörte das Küchenmädchen gern mit an, und wenn ihr das Herz in der Brust auch zuweilen vor Freude hüpfte, so sagte sie doch niemand, was sie wußte und wer sie war.

So kam denn der Tag, wo der große Hochzeitsball gefeiert werden solle. Da fiel es aber der jungen Gräfin mit Schrecken ein, daß sie nur noch einen einzigen Wunsch übrig habe und daß die Wasserfrau sie so dringend ermahnt habe, doch ja noch einen Wunsch für den Notfall aufzusparen. Deshalb glaubte sie, sie dürfte diesmal nicht auf den Ball gehen. Sie konnte sich zwar erst gar nicht dareinfinden und wäre gar zu gerne hingegangen; aber sie blieb diesmal doch zu Haus.

Darüber war nun der Bräutigam ganz unglücklich, und weil er von seiner Braut gar nichts mehr hörte und sah, so wurde er vor Kummer krank. Kein Arzt konnte da helfen. Er dachte immer nur an seine Braut und hätte vor Heimweh und Sehnsucht sterben mögen. Als dies die junge Gräfin von der Köchin, der sie immer helfen mußte, erfuhr, so tat es ihr herzlich leid, und sie machte sich stille Vorwürfe darüber, daß sie den dritten und letzten Wunsch noch zurückbehalten und nicht auf den Ball gegangen war. Vielleicht wäre ihr Bräutigam dann wohl nicht krank geworden, meinte sie. Jetzt aber dachte sie Tag und Nacht daran, wie sie ihm helfen und sich ihm zu erkennen geben könnte.

Da verordnete eines Tages der Arzt dem Kranken eine Suppe, und das Küchenmädchen bat die Köchin, daß sie ihr doch erlaube, diese Suppe zu kochen. Die Köchin wollte das durchaus nicht zugeben. Weil das Küchenmädchen aber so dringend bat, so ließ sie es endlich geschehen.

Und nun bereitete sie die Suppe, so gut sie es nur konnte, und als sie fertig und in eine Schüssel gefüllt war, warf sie ihren Brautring hinein. Dann mußte die Köchin sie dem Kranken hinbringen, denn das Küchenmädchen durfte die Zimmer des vornehmen Herrn durchaus nicht betreten. Die Suppe aber schmeckte dem Kranken so gut, o so gut, daß er sie rein aufaß. Da sah er mit einem Male unten in der Schüssel den Ring seiner Braut und war ganz glücklich und ließ sogleich die Köchin kommen und fragte, wer die Suppe gekocht und den Ring hineingetan habe. Da kam die Köchin in große Not, denn von dem Ringe wußte sie nichts und gestand es endlich, daß das Küchenmädchen die Suppe zubereitet habe. Da wurde das Küchenmädchen herbeigerufen, und wie sie ins Zimmer trat, sprach der junge Hausherr: »Also du bist es, du lumpiges, schmutziges Ding? Du hast die Suppe gekocht? Woher hast du den Ring da?« Da antwortete ihm das Küchenmädchen sanft

und schüchtern, den Ring habe ihr der gnädige Herr selbst geschenkt. Darauf wurde er ganz zornig und schalt sie aus und wies sie zur Stube hinaus. Dann aber befahl er, man solle genau achtgeben, was das Küchenmädchen mache und mit wem sie umgehe. Das Küchenmädchen aber war ganz beschämt in ihre Schlafkammer gegangen, hatte sich gewaschen und ihr diamantenes Ballkleid angezogen. Auch das Kleid, welches sie auf dem ersten Balle getragen, und das Taschentuch, das ihr der Hausherr geschenkt hatte, nahm sie mit und so ging sie jetzt zu dem Kranken.

Wie sie aber aus der Tür trat, stand ein Bedienter da, um aufzupassen, und als er die wirkliche Braut sah und erkannte, wollte er der erste sein, der es dem Herrn meldete, und stürzte in der Eile die Treppe hinunter und brach ein Bein. Ein anderer Bedienter, der unten stand, wurde von dem Glanze der Diamanten so geblendet, daß er erblindete. Als nun das Küchenmädchen in diesem Schmuck zu dem Kranken kam, erkannte er sogleich seine Braut und fühlte nichts mehr von seiner Krankheit. Die Braut aber sagte ihm: »Das ist nun das lumpige, schmutzige Ding, das du vorher aus der Stube gewiesen hast und das dir die Suppe gekocht und den Ring, den du ihm geschenkt, hineingeworfen hat. Habe ich nicht recht gehabt, als ich warnte und dir sagte, du würdest mich nicht heiraten, wenn du wüßtest, wer ich sei?« Dann erzählte sie ihm alles, was er je mit ihr gesprochen, zeigte ihm das Kleid, das sie auf dem ersten Ball getragen, und das Taschentuch, das er ihr damals geschenkt hatte. – Da sah der junge Herr nun wohl, daß seine Frau eben das Küchenmädchen war, und bat sie tausendmal um Verzeihung wegen der harten Worte, die er, ohne sie zu kennen, zu ihr gesprochen hatte, und beteuerte ihr nochmal, daß er niemand anders als sie heiraten werde. Er hat ihr auch Wort gehalten und hat sie zu seiner Frau genommen, obwohl seine Mutter es gar nicht zugeben wollte und sehr bös war, daß er so ein verlaufenes Küchenmädchen heiratete.

Als nun die junge Gräfin ihr erstes Kindlein kriegte, und das war eine Tochter, da nahm die alte Schwiegermutter sie heimlich weg und warf sie in den See. Ebenso machte sie es später mit der zweiten Tochter. Ihrem Sohne aber sagte sie, daß seine eigene Frau die beiden kleinen Kinder umgebracht habe. Da ward der Mann sehr zornig, und so lieb er früher seine Frau auch gehabt hatte, so bös ward er jetzt auf sie und befahl, daß sie zur Strafe in ihrem Zimmer verbrannt werden sollte. – Darauf wurde sie eingeschlossen und der große Ofen ganz glühend gemacht. Als aber die Frau die Hitze nicht mehr ertragen konnte, fiel es ihr ein, daß sie ja noch einen Wunsch habe, und wünschte sich sogleich ihre Patin, die Wasserfrau, herbei. Die war auch im Augenblick da und half ihr, machte es kühl und öffnete das Zimmer und sagte: »Deine beiden Töchter, welche die Schwiegermutter in den See geworfen hat, habe ich gerettet und aufgezogen. Ich will sie noch heute nebst einem geschriebenen Zettel ans Ufer stellen; von dort mußt du sie abholen, dann wird alles gutgehen.«

Und so geschah es denn auch. Als nun die beiden Töchter, die beide wunderschön waren, in das Schloß zu ihrem Vater kamen und dieser aus allen Zeichen genau erkannte, daß dies wirklich seine eigenen Kinder waren und daß seine übermütige Mutter sie hatte umbringen wollen, da herzte und küßte er sie vielmals vor Freude und bat seine Gemahlin mit Tränen um Verzeihung. Die böse alte Gräfin aber mußte nun die Strafe leiden, die sie der Frau ihres Sohnes hatte bereiten wollen, und darauf lebte die junge Gräfin mit ihrem Manne und ihren Kindern immer in Frieden und Freuden, und jedermann hatte sie gern; besonders gut aber hatten es die Mägde bei ihr, die früher mit ihr gedient hatten, und namentlich die alte Köchin, die ihr erlaubt hatte, die gute Suppe zu kochen.

Der weiße Wolf

Ein König ritt jagend in einem großen Walde, darinnen er sich
verirrte, und mußte manchen Tag wandern und manche Nacht,
fand immer nicht den rechten Weg und mußte Hunger und
Durst leiden. Endlich begegnete ihm ein kleines schwarzes
Männlein, das fragte der König nach dem rechten Weg. »Ich
will dich wohl führen und geleiten«, sagte das Männlein, »aber
du mußt mir auch etwas dafür geben, du mußt mir das geben,
was dir aus deinem Hause zuerst entgegenkommt.« Der König
war froh und sprach unterwegs: »Du bist recht brav, Männ-

chen; wahrlich und wenn mein bester Hund mir entgegenlief, so wollt ich dir ihn doch gern zum Lohne geben.« Das Männlein aber erwiderte: »Deinen besten Hund, den mag ich nicht, mir ist was andres lieb.« Wie sie nun beim Schlosse ankamen, so sah des Königs jüngste Tochter durchs Fenster ihren Vater geritten kommen und sprang ihm fröhlich entgegen. Da sie ihn aber in ihre Arme schloß, sprach er: »Ei wollt ich doch, daß lieber mein bester Hund mir entgegengekommen wäre!« Über diese Rede erschrak die Königstochter gar sehr, und weinte und rief: »Wie das, mein Vater? Ist dir dein Hund lieber denn ich, und sollte er dich froher willkommen heißen?« Aber der König tröstete sie und sagte: »O liebe Tochter, so war es ja nicht gemeint!« und erzählte ihr alles. Sie aber blieb ganz standhaft und sagte: »Laß uns nur abwarten, Vater. Wer weiß, wozu's gut ist.«

Und nach acht Tagen richtig, da kam ein weißer Wolf in das Königsschloß, und die Königstochter setzte sich auf seinen Rücken, und heisa, da ging's durch dick und dünn, bergauf und bergab, und die Königstochter konnte das Reiten auf dem Wolf nicht aushalten, und fragte: »Ist's noch weit?« – »Schweig! Weit weit ist's noch zum gläsernen Berge – schweigst du nicht, so werf ich dich herunter!« Nun ging es wieder so fort, bis die arme Königstochter wieder zagte und klagte und fragte, ob es noch weit sei? Und da sagte ihr der Wolf die nämlichen drohenden Worte, und rannte immer fort, immer weiter, bis sie zum dritten Male die Frage wagte, da warf er sie auf der Stelle von seinem Rücken herunter und rannte davon.

Nun war die arme Prinzessin ganz allein in dem finstern Walde, und ging und ging und dachte, endlich werde ich doch einmal zu Leuten kommen. Und endlich kam sie an eine Hütte, da brannte ein Feuerchen, und da saß ein altes Waldmütterchen, das hatte ein Töpfchen am Feuer. Und da fragte die Königstochter: »Mütterchen, hast du den weißen Wolf nicht gesehen?« – »Nein, da mußt du den Wind fragen, der fragt überall herum, aber bleibe erst noch ein wenig hier, und iß mit mir. Ich koche hier ein Hühnersüppchen.« Das tat die Prinzessin, und als sie gegessen hatten, sagte die Alte: »Nimm die Hühnerknöchelchen mit dir, du wirst sie gut gebrauchen können.« Dann zeigte ihr die Alte den rechten Weg nach dem Winde.

Als die Königstochter bei dem Winde ankam, fand sie ihn auch am Feuer sitzen und sich eine Hühnersuppe kochen, aber auf ihre Frage nach dem weißen Wolf antwortete er ihr: »Liebes Kind, ich habe ihn nicht gesehen, ich bin heute einmal nicht gegangen, und wollte mich einmal hübsch ausruhen. Frage die Sonne, die geht alle Tage auf und unter, aber erst mache es wie ich, ruhe dich aus, und iß mit mir, kannst hernach auch alle die Hühnerknöchlein mit dir nehmen, wirst sie wohl gut brauchen können.«

Als dies geschehen war, ging die Kleine nach der Sonne zu, und es ging da gerade wieder wie beim Winde, die Sonne kochte sich gerade eine Hühnersuppe an sich selbst, daher es damit sehr geschwind ging, hatte auch den weißen Wolf nicht gesehen, und lud die Prinzessin zum Mitessen ein. »Du mußt den Mond fragen, denn wahrscheinlich läuft der weiße Wolf nur des Nachts, und da sieht der Mond alles.«

Als nun die Königstochter mit der Sonne gegessen und die Knöchlein aufgesammelt hatte, ging sie weiter und fragte den Mond. Auch er kochte Hühnersuppe und sagte: »Es ist fatal, ich habe letzt nicht geschienen, oder bin zu spät aufgegangen, ich weiß gar nichts von dem weißen Wolf.«

Da weinte das Mädchen und rief: »O Himmel, wen soll ich nun fragen?« – »Nun nur Geduld, mein Kind«, sagte der Mond. »Vor Essen wird kein Tanz, setze dich und iß erst die Hühnersuppe mit mir und nimm auch die Knöchelchen mit, du wirst sie wohl brauchen. Etwas Neues weiß ich doch; im gläsernen Berge das schwarze Männchen – das hält heute Hochzeit, der Mann im Mond ist auch dazu eingeladen.« – »Ach der gläserne Berg, der gläserne Berg! Dahin wollte ich ja eben, dahin hat mich ja der weiße Wolf tragen sollen!« rief die Königstochter. »Nun bis dorthin kann ich dir schon leuchten und den Weg zeigen«, sagte der Mond, »sonst könntest du dich leichtlich irren, denn ich zum Beispiel bestehe ganz und gar aus lauter gläsernen Bergen. Nimm immer deine Knöchlein hübsch alle mit.« Das tat die Prinzessin, aber in der Eile vergaß sie doch ein Knöchlein.

Bald stand sie an dem gläsernen Berge, aber der war ganz glatt und glitschig, da war nicht hinauf zu kommen, aber da nahm die Königstochter alle Hühnerknöchlein von der alten Waldmutter, von dem Wind, von der Sonne und von dem Monde, und machte sich daraus eine Leiter, die wurde sehr lang, aber o weh, zuletzte fehlte noch eine einzige Sprosse, noch ein Glied. Da schnitt sich die Prinzessin das oberste Gelenk von ihrem kleinen Finger ab, und so tat es gut, und sie konnte nun rasch zum Gipfel des gläsernen Berges klimmen. Oben war eine große Öffnung, da führte eine schöne Treppe hinunter, und war alles voll Glanz und Pracht, und war ein Saal da voll Hochzeitsgäste und viele Musikanten und reichbesetzte Tafeln. Und da saß das schwarze Männlein und an seiner Seite saß eine Dame, die war seine Braut, das schwarze Männlein aber schien traurig. Und der Königstochter tat es auch so weh, daß sie nun zu spät kam, und daß das schwarze Männlein so traurig war, und dachte bei sich, ich will ein Lied vom weißen Wolf singen, vielleicht kennt er mich dann – denn er hatte sie noch gar nicht angesehen, folglich auch nicht wiedererkannt. Und da stand eine Harfe an der Wand, welche die Prinzessin gut spielte, die nahm sie nun und sang

>»Deinen besten Hund, den mag ich nicht,
Mir ist was andres lieb!
Die jüngste Königstochter.

Der weiße Wolf, der lief davon,
Sie weiß nicht, wo er blieb;
Die jüngste Königstochter.«

Da horchte das schwarze Männlein hoch auf, aber die Prinzessin fuhr fort zu spielen und zu singen.

>»Sie ist dem Wolfe nachgereist,
Schnitt ab ihr Fingerglied,
Die jüngste Königstochter.

174

Nun ist sie da – du kennst sie nicht,
Traurig singt dir dies Lied
Die jüngste Königstochter.«

Da sprang das schwarze Männlein von seinem Sitze auf und war plötzlich ein ganz schöner junger Prinz und eilte auf sie zu, und schloß sie in seine Arme.

Alles war Zauber gewesen. Der Prinz war in das alte Männlein und in den weißen Wolf und in den gläsernen Berg hinein verzaubert, so lange, bis eine Prinzessin, um zu ihm zu gelangen, sich's ein Glied von ihrem kleinen Finger kosten lassen würde, wenn das aber bis zu einer gewissen Zeit nicht geschähe, so müsse er eine andre freien und ein schwarzes Männlein bleiben all sein Leben lang. Nun war der Zauber gelöst, die andre Braut verschwand, der entzauberte Prinz heiratete die Königstochter, reiste darauf mit ihr zu ihrem Vater, der sich herzlich freute, sie wieder zu sehen, und lebten alle glücklich miteinander bis an ihr Ende. Sollte dieses aber nicht erfolgt sein, so ist es einigermaßen wahrscheinlich, daß sie noch heute leben.

Helene

Es war einmal ein schönes Mädchen, das hieß Helene. Sie war Herrin eines prächtigen Schlosses und hatte dort alles, was man sich wünschen kann. Als sie nun herangewachsen war, kamen viele Freier zu ihrem Schloß. Unter ihnen war auch ein Königssohn mit Namen Laßmann, der gefiel ihr am besten, und sie hatten sich von Herzen lieb.

Eines Tages saßen beide vertraulich vor dem Schlosse unter einer hohen Linde beisammen, und Laßmann sagte Helene, daß er von ihr zu seinen Eltern reisen müsse, um ihre Einwilligung zu seiner Heirat sich zu holen, und bat sie unter der Linde seiner zu warten. Er schwur ihr, sobald als möglich zu ihr zurückzukehren. Helene küßte ihn beim Abschiede auf den

linken Backen und bat ihn, so lange er von ihr entfernt sein werde, sich von niemand anderem auf diesen Backen küssen zu lassen. Unter der Linde wolle sie ihn erwarten.

Helene baute felsenfest auf Laßmanns Treue und saß ganzer drei Tage lang vom Morgen bis zum Abende unter der Linde. Als aber ihr Bräutigam immer noch nicht kam, geriet sie in schwere Sorge und beschloß sich auf den Weg zu machen und ihn zu suchen. Sie nahm von ihrem Schmucke so viel sie konnte, auch von ihren Kleidern nahm sie drei der schönsten, eins mit Sternen, das andere mit Monden, das dritte mit lauter Sonnen von reinem Golde gestickt. Weit und breit wanderte sie durch die Welt, aber nirgend geriet sie auf eine Spur ihres Bräutigams. Am Ende verzweifelte sie ganz daran, ihn zu finden und gab ihr Suchen auf, aber nach ihrem Schlosse wollte sie doch nicht heimkehren, weil ihr dort ohne ihren Bräutigam alles öde und verlassen vorkommen müßte; lieber wollte sie in der Fremde bleiben. Sie vermietete sich bei einem Bauern als Hirtin und vergrub ihren Schmuck und ihre schönen Kleider an einem verborgenen Orte.

So lebte sie nun als Hirtin und hütete ihre Herde, indem sie an ihren Bräutigam dachte. Sie gewöhnte ein Kälbchen von der Herde an sich und hatte an ihm ihre Freude, fütterte es aus ihrer Hand und richtete es ab, vor ihr niederzuknien, wenn sie zu ihm sprach:

> »Kälbchen, knie nieder
> Und vergiß deiner Ehre nicht, wie der
> Prinz Laßmann die arme Helene vergaß,
> Als sie unter der grünen Linde saß.«

Nach einigen Jahren, die sie so verlebte, hörte sie, die Tochter des Königs in dem Lande, wo sie jetzt wohnte, werde ein Königssohn mit Namen Laßmann heiraten. Darüber freuten sich alle Leute, aber Helene überfiel ein noch viel größerer Schmerz, als sie bisher erlitten hatte, denn sie hatte immer noch auf Laßmanns Treue vertraut. Nun traf es sich, daß der Weg zur Königsstadt nicht weit von dem Dorfe vorbeiging, wo Helene sich als Hirtin verdingt hatte, und so geschah es oftmals, wenn sie ihre Herde hütete, daß Laßmann an ihr vorüberritt, ohne sie zu beachten, indem er ganz in Gedanken an seine Braut versunken war. Da fiel es Helene ein, sein Herz auf die Probe zu stellen und zu versuchen, ob es nicht möglich sei, ihn wieder an sie zu erinnern. Nicht lange darauf kam Laßmann wieder einmal vorüber; da sprach Helene zu ihrem Kälbchen:

»Kälbchen, knie nieder
Und vergiß deiner Ehre nicht, wie der
Prinz Laßmann die arme Helene vergaß,
Als sie unter der grünen Linde saß.«

Als Laßmann Helenes Stimme hörte, da war es ihm, als solle er sich auf etwas besinnen, aber hell wurde ihm nichts, und deutlich hatte er auch nicht die Worte vernommen, da Helene nur leise und mit zitternder Stimme geredet hatte. So war auch ihr Herz viel zu bewegt gewesen, als daß sie hätte achtgeben können, welchen Eindruck ihre Worte machten, und als sie sich faßte, war Laßmann schon wieder weit von ihr fort. Doch sah sie noch, wie er langsam und nachdenklich ritt, und deshalb gab sie sich noch nicht ganz verloren.

In diesen Tagen sollte in der Königsstadt mehrere Nächte hindurch ein großes Fest gegeben werden. Darauf setzte sie ihre Hoffnung und beschloß, dort ihren Bräutigam aufzusuchen. Als es Abend war, machte sie sich heimlich auf, ging zu ihrem Verstecke und legte das Kleid, das mit goldenen Sonnen geziert war, und ihr Geschmeide an, und ihre schönen Haare, die sie bisher unter einem Tuche verborgen hatte, ließ sie fessellos rollen. So geschmückt ging sie in die Stadt zum Feste. Als sie sich zeigte, da wandten sich aller Augen auf sie, alles verwunderte sich über ihre Schönheit, aber niemand wußte, wer sie war. Auch Laßmann war von ihrer Schönheit wie verzaubert, ohne zu ahnen, daß er einst mit diesem Mädchen *ein* Herz und *eine* Seele gewesen war. Bis zum Morgen wich er nicht von ihrer Seite und nur mit Mühe konnte sie in dem Gedränge ihm entkommen, als es Zeit war heimzukehren. Laßmann suchte sie überall und erwartete sehnlich die nächste Nacht, wo sie versprochen hatte, sich wieder einzufinden. Am andern Abende begab sich die schöne Helene wiederum so zeitig als sie konnte auf den Weg. Diesmal hatte sie das Gewand an, das mit lauter silbernen Monden geziert war und einen silbernen Halbmond trug sie über ihrer Stirne. Laßmann war froh, sie wieder zu sehen, sie schien ihm noch viel schöner zu sein als gestern, und die ganze Nacht tanzte er allein mit ihr. Als er sie aber nach ihrem Namen fragte, antwortete sie, sie dürfe ihn nicht nennen, wenn er nicht erschrecken solle. Darauf bat er sie inständig den nächsten Abend wieder zu kommen, und dies versprach sie ihm. Am dritten Abend war Laßmann vor Ungeduld frühzeitig in dem Saale und verwandte kein Auge von der Tür. Endlich kam Helene in einem Gewande, das mit lauter goldenen und silbernen Sternen gestickt war und von einem Sternengürtel festgehalten wurde; ein Sternenband hatte sie um ihre Haare geschlungen. Laßmann war noch mehr als vorher von ihr entzückt und drang in sie mit Bitten, sich ihm endlich zu erkennen zu geben. Da küßte Helene ihn schweigend auf den linken Backen, und nun erkannte Laßmann sie auf einmal wieder und bat voll Reue um ihre Verzeihung; und Helene, froh ihn wieder gewonnen zu haben, ließ ihn nicht lange darauf warten.

Das kluge Mädchen wird Zarin

Ein Zar gab einmal den Befehl: Wer den und den Stein schlachtet, daß das Blut davonfließt, den will ich zum Ersten meines Reiches machen.
Von allen Seiten kamen wackre Burschen herbei, aber keiner konnte den Stein schlachten; sie fanden es nur wunderlich, wie man überhaupt einen Stein schlachten könne.
In einem Dorf gab es ein sehr kluges Mädchen. Sie hütete die Schafe. Als sie davon hörte, verkleidete sie sich als Mann, ging zum Zaren und sagte zu ihm: »O Zar, ich kann den Stein schlachten.«

Überallhin ging das Gerücht, es habe sich ein Mensch gefunden, den Stein zu schlachten, und zahllose Leute sammelten sich, um zu sehen, wie er das machen werde.

Als der Tag kam, an dem das Mädchen den Stein schlachten sollte, zogen der Zar und alle Vornehmen aus der Stadt auf einen freien Platz, und dort sollte das Mädchen vor aller Augen den Stein schlachten. Das Mädchen zog das Messer, wandte

sich zum Zaren und sagte: »Zar, du willst doch, daß ich den Stein schlachten soll? So gib ihm vorher Seele und Leben, und wenn ich ihn dann nicht schlachte, nimm meinen Kopf.«

Der Zar wunderte sich über diese Antwort und sagte: »Du bist der Klügste in meinem Reiche, und ich will dich zum vornehmsten Manne machen; und wenn du mir noch das vollbringst, was ich dir jetzt sagen werde, sollst du mir wie ein Sohn sein.«

Das Mädchen sprach: »Sage, Zar, was du sagen willst, und wenn es möglich ist, will ich mich bemühen, es zu vollbringen.«

Der Zar sagte ihr: »In drei Tagen sollst du wieder vom Dorfe hierherkommen. Wenn du kommst, sollst du reiten und nicht reiten, sollst mir ein Geschenk bringen und nicht bringen; alle, groß und klein, wollen wir herauskommen und dich empfangen, und du sollst die Leute dahin bringen, daß sie dich empfangen und nicht empfangen.«

Die Hirtin ging nun in ihr Dorf und gab den Bauern den Auftrag, vier Hasen und zwei Tauben lebendig zu fangen. Die Bauern taten das.

Am dritten Tag, da sie zu dem Zaren gehen sollte, steckte sie die Hasen je in einen Sack, gab sie den Bauern zu tragen und sagte: »Wenn ich euch sage, ihr sollt sie loslassen, dann laßt sie los.«

Sie selbst nahm die beiden Tauben, setzte sich rittlings auf eine Ziege und machte sich auf zu dem Zaren; einige Leute hatte sie vorausgeschickt, sie anzukündigen.

Sobald der Zar das hörte, zog er aus der Stadt, sie zu empfangen, mit allen Vornehmen und zahllosen Stadtleuten. Als nun das Mädchen nicht mehr weit von dem Zaren war, sah sie die Menge Menschen, die herausgekommen waren, sie zu empfangen, und sowie sie ihnen nahekam, befal sie den Bauern, vor den Augen der Leute die Hasen loszulassen. Da sie das sahen, rannten sie fort, die Hasen zu fangen.

Die Hirtin, die rittlings auf der Ziege saß, ging bald zu Fuß, die Ziege zwischen den Beinen, bald hob sie die Füße auf und ritt auf der Ziege.

Als sie zu dem Zaren trat, zog sie die beiden Tauben aus dem Busen und reichte sie ihm. In dem Augenblick, in dem er die Hand ausstreckte, die Tauben zu nehmen, ließ sie sie aus der Hand, und die Tauben flogen weg.

Da sagte die Hirtin zu dem Zaren: »Du siehst, Zar, die Leute haben mich empfangen und nicht empfangen; ich bin geritten und nicht geritten; ich habe dir ein Geschenk gebracht und nicht gebracht.«

Da sagte der Zar: »Von heute an sollst du mir wie ein Sohn sein.«

Sie aber flüsterte ihm ins Ohr: »Ich bin kein Bursche, ich bin ein Mädchen.«

Da nahm der Zar, der nicht verheiratet war, sie zur Frau. Und so wurde die Hirtin durch ihre Klugheit Zarin.

Die Königstochter von Frankreich

Es war einmal ein König von Frankreich, der hatte drei Sessel, einen von Gold, einen von Silber und einen von schwarzem Samt. Wenn er heiter war, dann setzte er sich auf den goldenen Sessel, war es ihm nur ›so la la‹, dann setzte er sich auf den silbernen, und wenn er traurig war, setzte er sich auf den Sessel von schwarzem Samt. Dieser König hatte drei Töchter, aber keinen Sohn.

Eines Tages kam die älteste Tochter zu ihm und sah ihn auf dem schwarzen Samtsessel sitzen.

»Papa«, sagte sie zu ihm, »was hast du, bist du traurig?«

»Ja, meine liebe Tochter«, antwortete er, »denke dir, der König von Spanien hat mir den Krieg erklärt, und ich habe keinen Sohn, der gegen ihn kämpfen könnte. Ich selber bin alt und kann nicht mehr in den Krieg.«

»Oh«, sagte die Tochter, »sei ganz ohne Sorge. Ich ziehe gegen ihn in den Krieg.« Sie tat ihre Ohrringe ab, schnitt sich das Haar kurz und legte Männerkleidung an; dann zog sie mit der Armee fort.

Sie waren aber noch nicht weit gegangen, als sie an einen breiten Graben kamen. Sie sagte zu dem Schilf:

>>Stich nicht, Schilf, laß mich passieren,
Denn ich muß noch weit marschieren.<<

Die Schilfgräser aus dem Graben aber antworteten:

>>Wir wenden uns nich'.
Wir wenden uns nich',
Tod und Verderben erwarten dich!<<

Da erschrak sie und kehrte eilig um.

Nun ging die mittlere Tochter zum Vater, und als sie den König auf dem schwarzen Samtsessel sitzen sah, fragte sie ebenfalls: >>Was fehlt dir, Papa, warum bist du traurig?<<

>>Ach, meine liebe Tochter, der König von Spanien hat mir den Krieg erklärt, und ich habe keine Söhne, die mit ihm kämpfen könnten.<<

>>Sei nicht traurig!<< sagte die Tochter, >>dann gehe ich.<< Sie nahm ihre Ohrringe ab, schnitt sich das Haar kurz und legte Männerkleidung an; dann ging auch sie weg und kam an den Graben und sagte:

>>Stich nicht, Schilf, laß mich passieren,
Denn ich muß noch weit marschieren.<<

Das Schilf legte sich nieder, und sie ging mutig vorwärts. Später kam sie an einen Berg von Eisen und sagte:

>>Stich nicht, Eisen, laß mich passieren,
Denn ich muß noch weit marschieren.<<

Das Eisen antwortete:

>>Wir stechen dich,
Wir stechen dich,
Tod und Verderben warten auf dich.<<

Sie erschrak und kehrte um.

Nun ging die jüngste Tochter zum König und fragte: >>Papa, was hast du, immer sitzt du auf dem schwarzen Stuhl und bist traurig.<<

>>Ach, meine liebe Tochter, der König von Spanien hat mir den Krieg erklärt, und ich habe keine Söhne, um sie ihm entgegenzuschicken.<<

»Sei ruhig«, sagte die Jüngste, sie war zugleich die Schönste. »Dann will ich gehen«, und sie tat ihre Ohrringe ab, schnitt sich das Haar kurz und legte Männerkleidung an. Dann ging sie fort, und auch sie kam an den Schilfgraben und sagte zum Schilf:

>Stich nicht, Schilf, laß mich passieren,
Denn ich muß noch weit marschieren.«

Das Schilf ließ sie ungehindert durch, und sie ging vorwärts.
Dann kam sie an den Eisenberg und sagte:

>Stich nicht, Eisen, laß mich passieren,
Denn ich muß noch weit marschieren.«

Auch da konnte sie ungehindert durch und erreichte mit ihrer
Armee Spanien. Der König von Spanien war ein Jüngling, und
als er sie sah, ging er zu seiner Mutter und sagte:

>Der König von Frankreich hat keine Söhne.
Wen schickte er mir in den Krieg?
Das ist eine Junge, das ist eine Schöne,
Mir scheint es ein Mädchen zu sein.«

»Ein Mädchen, ach, lieber Sohn, das ist ja gar nicht möglich«,
sagte die Mutter.

Aber er erwiderte: »Doch, das ist eine Frau, und ich will mich
nicht mit einer Frau schlagen und mit ihr Krieg führen.«

»Weißt du was«, sagte die Königin, »morgen machst du Waf-
fenstillstand und ladest sie ein, zu uns zu kommen und mit uns
zu essen. Wir richten einen Tisch mit Speisen. Ist es ein Mann,
so wird er sich Brot schneiden und scharfe Sachen essen, ist es
eine Frau, so wird sie zu den Süßigkeiten und Delikatessen
greifen.« – »Ja, Mutter«, antwortete der Sohn, »aber zuerst
werde ich sie durch den Garten führen, und wenn sie sich
einen Blumenstrauß pflückt, so ist es ein Mädchen. Dann gehe
ich mit ihr in die Kaserne, und wir werden uns das Heer
ansehen und die Kranken. Wenn sie diese bedauert, ist sie
eine Frau.«

Und so geschah es. Aber als sie durch den Garten gingen und er
sie aufforderte, Blumen zu pflücken, lachte sie und sagte: »Tut
das ein Mann? Das sind Dinge für Frauen.«

Dann traten sie an den Tisch mit den vielen Speisen. Sie sah die
Kuchen und Puddings nicht an, sondern schnitt sich ein Brot
und ein großes Stück Fleisch. Als sie durch die Kaserne gingen,
sah sie nicht die Verwundeten und die Soldaten, sondern ging
zu den Kanonen und sagte: »Was für schöne Kanonen!«

»Siehst du wohl«, sagte die Mutter, »ich hatte recht, es ist kein Mädchen.« Aber der König von Spanien schüttelte den Kopf und sagte:

>»Der König von Frankreich hat keine Söhne.
Wen schickt er mir in den Krieg?
Es ist eine Junge, es ist eine Schöne,
Mir scheint es ein Mädchen zu sein.

Ich will nicht mit einem Mädchen Krieg führen.« Und darum machte er noch am selben Tag Frieden, und die Königstochter von Frankreich zog in ihre Heimat.

Nach einiger Zeit wollte der König von Spanien den König von Frankreich besuchen, um sich nach der Königstochter umzusehen. Als es nun hieß, daß der König von Spanien im Anmarsch sei, was tat die Königstochter? Oh, sie war schlau! Sie schnitt sich ihre Haare und zog die Männerkleidung über, aber sie vergaß, die Ohrringe abzunehmen.

Ihr Vater setzte sich auf den Sessel von Gold, denn nun war er sehr zufrieden. Sie aber stieg auf ein Roß und ritt dem König in Soldatenkleidern entgegen.

Aber als er sie erblickte, umarmte er sie und sagte: »Ich habe recht gehabt, du bist ein Mädchen, denn du trägst Ohrgehänge.« Und dann sagte er ihr, daß er sie liebe. Und da auch sie ihn wollte, denn er war schön wie die Sonne, feierten sie Hochzeit mit großer Pracht.

Aber mich vergaß man beim Essen, und ich erhielt nicht einmal eine Feige vom Mahl der Glücklichen.

Der Mann aus Zucker

Es war einmal eine Prinzessin, die kam in das Alter, in dem die Eltern nun einen Mann für sie suchen wollten, den sie heiraten sollte. Die Prinzessin war's zufrieden, denn sie hatte erst einmal gar nichts dagegen, weder gegen das Heiraten noch gegen die Männer. Die Eltern gaben also ein großes Fest und luden dazu alle schönen Prinzen aus den benachbarten Ländern ein.

Das Fest dauerte drei ganze Tage, und am Abend des dritten Tages hatte die Prinzessin ihre Wahl getroffen. Die Verlobung wurde gleich gefeiert, und die Eltern gaben der Tochter und ihrem schönen Prinzen den Segen.

Der Prinz war nun oft bei ihr zu Besuch, und sie schmiedeten Pläne, wie sie ihr Schloß einrichten wollten. Es hatte 57 Zimmer und drei große Säle, und alle wurden prachtvoll ausgestattet.

Ein Jahr, bevor die Hochzeit sein sollte, sagte der schöne Prinz zur Prinzessin, daß er ganz verliebt in sie sei und sich auf ein gemeinsames Leben mit ihr freue, und sie solle nun bis zur Hochzeit für alle Zimmer und die drei großen Festsäle Spitzendeckchen häkeln, damit sie es später auch recht gemütlich hätten.

»Niemals!« rief da die Prinzessin. »Lieber will ich nicht heiraten, als für 57 Zimmer und drei Festsäle Spitzendeckchen zu häkeln.«

Als der Prinz einsah, daß da wohl nichts zu machen war, schlug er vor, sie könne sich ja Zeit lassen, die Spitzendeckchen müßten ja nicht alle bis zur Hochzeit fertig sein. Aber auch mit diesem Vorschlag kam er bei ihr nicht weiter, und am Ende war er gar so weit, daß er nur noch für die Privatgemächer Häkeldeckchen haben wollte.

»Nur zehn Häkeldeckchen«, bat er kompromißbereit, »man muß sich das doch alles so'n bißchen nett machen. Nur zehn!«

»Kein einziges!« rief die Prinzessin und warf ihn raus.

Damit war die Verlobung aufgelöst.

Die Eltern gaben nun ein neues Fest, das dauerte wieder drei Tage, und die Prinzessin suchte sich einen neuen Prinzen aus. Mit dem verlobte sie sich erst, als er versprochen hatte, nie ein Häkeldeckchen von ihr zu verlangen.

Es ging auch alles gut, die alte Königin und der alte König mochten den neuen Prinzen auch, und so war er auf dem elterlichen Schloß jederzeit herzlich willkommen. Die Prinzessin aber besaß viele Bücher und saß oft in ihrem Zimmer und las und grübelte. Kurz vor der Hochzeit sagte deshalb der Prinz, ihre Bücher müsse sie aber im Schloß ihres Vaters lassen, wenn sie geheiratet hätten. Sie sei so schön, und bei den Frauen verderbe das viele Lesen die Schönheit.

Da warf die Prinzessin auch diesen schönen Prinzen raus und sagte den Eltern, sie sollten ein neues Fest ausrichten, sie brauche wieder einen neuen Prinzen.

Der alte König aber ward nun ärgerlich und schimpfte.

»Wir geben kein neues Fest«, sagte er, »du entschuldigst dich jetzt bei deinem Prinzen, und dann heiratest du ihn gefälligst.«

»Entschuldigen? Wofür denn?« rief die Prinzessin.

»Wir geben *wohl* ein neues Fest«, sagte die Königin.

»Nein, wir geben kein neues Fest«, sagte der König.

»Doch, wir geben ein neues Fest«, sagte die Königin, »meine Tochter soll nur einen Mann heiraten, mit dem sie glücklich wird. Schließlich soll sie's mal besser haben als ich.«

Da sagte der alte König gar nichts mehr. Das Fest dauerte wieder drei Tage, und am Schluß hatte die Prinzessin wieder einen schönen Prinzen gefunden. Sie fragte, ob er etwa Häkeldeckchen haben wolle oder finde, daß Frauen vom vielen Lesen häßlich werden, und erst, als er beide Fragen verneint hatte, verlobte sie sich mit ihm.

Die beiden waren nun sehr glücklich miteinander. Er hatte nichts dagegen, daß sie viel in ihren Büchern las und schon Falten auf der Stirn vom vielen Denken bekam, denn er fand, daß auch Frauen ruhig Falten haben dürfen, nicht nur die Männer. Auch sagte er nie etwas von Häkeldeckchen, ja, er dachte nicht einmal im stillen an Häkeldeckchen, und man sollte meinen, die Prinzessin hätte nun recht glücklich sein können.

Aber auch dieser schöne Prinz hatte leider einen bedeutsamen Fehler. Er sprach dem Wein immer sehr kräftig zu und machte dann im Suff lauter hohle Versprechungen, die er hinterher immer nicht einhielt. Ja, am Schluß war es soweit, daß er öfter betrunken als nüchtern war und die Prinzessin sich auf nichts mehr verlassen konnte, was er sagte.

Da löste sie die Verlobung auf und schloß sich in ihrem Zimmer ein. Und obwohl sie eigentlich wirklich nichts gegen Männer

hatte, wurde sie sehr, sehr wütend auf alles, was da »Prinz«
oder »Mann« hieß, und fluchte einen ganzen Tag und noch
einen zweiten und noch einen dritten Tag und ließ sich nicht
sehen. Die Eltern standen vor der verschlossenen Tür und
riefen zu ihr hinein, aber sie öffnete nicht.

Am vierten Tag schließlich rief sie nach ihrer Kammerzofe. Die sollte ihr einen großen Zuckerhut, drei Säcke voll Mandeln und allerlei Gewürze bringen. Dann schloß sie sich wieder ein, und lange, lange Zeit hörte man nichts von ihr. Die armen Eltern schlichen vor ihrer Tür herum und fragten sich, was die Tochter da drinnen wohl treibe.

Die Prinzessin aber hatte den Zuckerhut, die Mandeln und die anderen Zutaten fein zerstoßen und einen Mann daraus geformt. Der war so groß wie sie, und er war wunderschön. Als die nächste Vollmondnacht kam, stellte sie ihn ans Fenster, genau ins Licht, und als sie am Morgen aufwachte, hatte der Mond den Zuckermann lebendig gemacht. Es war genau der Mann nach ihrem Herzen. Er wollte keine Häkeldeckchen, hatte nichts gegen Frauen mit Denkfalten auf der Stirn und soff nicht. Jedenfalls nur ein bißchen.

Die Prinzessin stellte ihren Zuckermann nun den Eltern vor und sagte: »Gleich nächste Woche wollen wir heiraten.«

Der alte König ließ sich das nicht zweimal sagen. Er richtete schnell die Hochzeit aus, denn er hatte Angst, daß seine Tochter es sich noch einmal überlegen könnte.

Als sie nun verheiratet war und glücklich und in Freuden mit ihrem Prinzen lebte, da hörte eine andere Prinzessin davon, daß es einen ganz, ganz süßen Zuckermann gebe. Den wollte sie unbedingt haben. Sie besaß einen Adler, der sprechen konnte, und diesen Adler schickte sie los zu dem Schloß der beiden. Als der Zuckermann einmal allein im Schloßpark spazierenging, flog der Adler zu ihm nieder. Zuerst erschrak der Zuckermann vor dem großen Vogel, aber als der Adler freundlich zu reden anfing und fragte, ob er nicht mal mit ihm fliegen, sich sein Schloß von oben besehen, seiner Frau aus der Luft zuwinken wolle, da fand der Zuckermann diese Idee sehr verlockend, setzte sich auf den Rücken des Adlers, und los ging es.

Kaum aber hatte sich der Adler in die Lüfte erhoben, flog er nicht die versprochene Runde über dem Schloß, sondern geradewegs zu der anderen Prinzessin.

Nun gefiel es dem Zuckermann bei dieser Prinzessin auch nicht schlecht, und weil er sowieso nicht weg konnte, denn sie ließ den Schloßhof Tag und Nacht bewachen, fügte er sich in sein Schicksal. Die Prinzessin war sehr glücklich mit ihm, denn so ein Zuckermann ist sehr, sehr süß.

Die Prinzessin, die mit dem Zuckermann verheiratet war, hatte natürlich gesehen, daß der Adler mit ihm auf und davon geflogen war. Sie ahnte auch gleich, wem der Adler gehörte und wohin er ihren Mann entführte. Sie besaß aber ein goldenes Pferd, das sattelte sie und band ihm zwei Fässer mit Wein auf den Rücken. In den Wein hatte sie ein starkes Schlafmittel gemischt. Dann rüstete sie ein Heer Soldaten aus und zog zum Schloß der anderen Prinzessin. Das Heer lagerte versteckt in einem Wald vor der Schloßmauer, und als es Abend wurde, banden die Soldaten das goldene Pferd mit dem Wein los und schickten es zum Schloß.

Das Pferd kam am Schloßtor an, als der Mond schon aufgegangen war. Die Wachen, die sich des Nachts immer ein bißchen langweilten, sahen, daß das Pferd keinen Reiter hatte und ganz aus glänzendem Gold war, deshalb öffneten sie das Tor und ließen es herein. Natürlich hätten sie das Pferd ihrer Herrin melden müssen, aber erst mal nahmen sie die Fässer vom Rücken des Pferdes, führten das Pferd in den Stall und taten sich am Wein gütlich.

Als sie um Mitternacht beide Fässer leergetrunken hatten und laut schnarchend auf dem Schloßhof lagen, da überfiel die Prinzessin mit ihrer Armee das Schloß, holte sich ihren Zuckermann zurück und ließ ihr goldenes Pferd aus dem Stall führen. Den Adler aber tötete sie, damit er ihr den Mann nicht noch einmal entführen konnte.

So lebte sie nun wieder glücklich und zufrieden mit ihrem Mann aus Zucker, obwohl – ja, ihr könnt euch denken, daß so ein Zuckermann nicht ganz so stabil gebaut ist wie ein normaler Mensch, und nun fehlte ihm an der linken Schulter schon eine kleine Ecke, das rechte Ohrläppchen sah schon etwas ramponiert aus, und auch sonst war einiges schon etwas abgenutzt.

Die andere Prinzessin war natürlich wütend und wollte ihren Zuckermann zurück. Sie ließ deshalb einen unterirdischen Gang unter der Schloßmauer hindurch graben, der genau in das Schlafgemach der beiden führte. Der Ausgang lag gut versteckt in einem Wäldchen. Darauf schickte sie einen Boten zur Prinzessin mit der Nachricht, sie wolle sich versöhnen und die Prinzessin möge doch bitte allein am nächsten Abend zu ihr kommen. Sie selbst aber schlich sich durch den unterirdischen Gang ins Schloß und versteckte sich in der Schlafkammer. Den Abendtrunk, den der Zuckermann neben seinem Bett stehen hatte, tauschte sie gegen ein starkes Schlafmittel aus.

Als der Zuckermann nun zu Bett gegangen war und sie ihn leise schnarchen hörte, schnappte sie sich ihn, schleppte ihn durch den unterirdischen Gang nach draußen und setzte ihn vor sich auf ihr Pferd, und dann ritt sie mit ihm davon, als sei der Teufel hinter ihr her.

Die erste Frau des Zuckermanns hatte natürlich längst gemerkt, daß sie getäuscht worden war. Sie war schon auf dem Rückweg, und als sie näherkommendes Pferdegetrappel hörte, versteckte sie sich schnell hinter einem Felsbrocken. Und richtig, da kam die andere Prinzessin mit dem schlafenden Zuckermann dahergeritten.

Aber wie sah der inzwischen aus?

Ihr könnt euch vorstellen, daß so ein Zuckermann von den ewigen Entführungen auch nicht besser wird. Es fehlten ihm inzwischen an einer Hand zwei Finger, der große Zeh war abgebrochen, und auch die Nase sah nicht mehr so gut aus.

»Dem will ich aber nicht mehr hinterherweinen«, sagte sich die Prinzessin, ließ sich zum zweiten Mal Zucker und Mandeln kommen und formte sich einen neuen Zuckermann.

Die andere Prinzessin hatte an dem alten Zuckermann auch keine rechte Freude mehr, so mitgenommen, wie der aussah. Deshalb ließ auch sie Zucker und Mandeln kommen und machte sich einen eigenen Zuckermann, und der war wunderschön, hatte noch alle Finger und alle Zehen und alle Ohrläppchen und auch sonst alles am rechten Fleck.

Der erste Zuckermann aber – ja, was aus dem geworden ist, kann ich euch auch nicht sagen. Aber wenn ihr mal jemanden trefft, der am Ohrläppchen und an der Nase so angeknabbert aussieht, dann fragt ihn doch mal, ob er nicht der Zuckermann ist.

Die Zauberflasche

Es waren einmal zwei junge Eheleute, die hatten gerade erst geheiratet. Der Mann wollte seine junge Frau aber nicht allein zu Hause lassen, weil er Angst hatte, es könne ein anderer vorbeikommen, an dem sie Gefallen finden könnte. Deshalb ging er überhaupt nicht mehr zur Arbeit. Weil sie aber nach und nach nichts mehr zu beißen hatten, sah er endlich ein, daß es so nicht weiterging, und machte sich auf den Weg in die Stadt, um sich Arbeit zu suchen. Die Sonne schien, der Himmel war blau, doch er sah von alledem nichts, und je weiter er sich von seinem Hause entfernte, desto langsamer wurden seine Schritte.

Da traf er einen alten Mann, der sah ihm an, daß er Kummer hatte, und fragte ihn: »Was bist du denn so betrübt an einem so schönen Tag? Du starrst ja vor dich hin, als würde man dich geradewegs zum Henker führen.«

»Ach«, antwortete der Mann, »ich habe eine junge hübsche Frau zu Hause, und wenn ich sie allein lasse, kommt vielleicht ein Wanderer an unserem Haus vorbei und gefällt ihr.«

»Diesem Kummer kann abgeholfen werden«, sagte der Alte und zog ein kleines Fläschchen aus seiner Tasche. »Sieh her: wenn du deine Frau ansiehst und sachte in das Fläschchen pustest, wird sie ganz, ganz klein und verschwindet augenblicklich darin. Das Fläschchen kannst du dann in die Tasche stecken, so hast du deine Frau den ganzen Tag bei dir. Am Abend brauchst du nur zu sagen: Frau, komm heraus!, und dann steht sie in ein paar Minuten wieder in ihrer vollen Größe vor dir.«

Der Mann bedankte sich, suchte sich in der Stadt Arbeit, und als er am nächsten Morgen wieder aufbrechen mußte, sah er seine Frau an, blies in das Fläschchen und ließ sie darin verschwinden. Den ganzen Tag trug er sie so mit sich herum, bis er am Abend das Fläschchen auf den Tisch stellte und »Frau, komm heraus!« sagte, und da stand sie wieder vor ihm. Nun mußte sie das Haus besorgen, denn tagsüber war sie ja in der Flasche gewesen.

Nach einer guten Woche etwa mußte der Mann seine Frau aber doch einmal zu Hause lassen, denn die große Wäsche war an der Reihe, und wie sollte die Frau abends im Dunklen waschen? Er ging also ohne seine Frau zur Arbeit, und sie packte die Wäsche zusammen und trug sie zum Fluß.

Dort fühlte sie plötzlich in einer Jackentasche etwas Hartes. Sie zog es hervor und sah, daß es das Fläschchen war, in dem ihr Mann sie jeden Morgen verschwinden ließ. Sie dachte nach, ob sie es wohl wegwerfen könne, ohne daß ihr Mann es merken würde, denn natürlich ärgerte sie sich gewaltig, daß sie jeden Tag in diesem dummen Ding eingesperrt saß. Und wie sie so am Ufer stand und überlegte, kam auf der anderen Seite des Flusses ein wunderschöner Jüngling des Wegs. Die Frau sah ihn an und blies genauso sachte und vorsichtig, wie sie es bei ihrem Mann beobachtet hatte, in das Fläschchen, und schon war der Jüngling darin verschwunden. Schnell wusch sie die Wäsche, nur die Jacke ihres Mannes nicht, eilte nach Hause und hängte die Jacke wieder auf den Haken hinter der Tür, damit ihr Mann denken sollte, sie habe nichts gemerkt.

Am nächsten Morgen blies er wieder in das Fläschchen, und als die Frau ganz klein darin ankam, wartete der schöne Jüngling schon auf sie, und sie verbrachten glückliche Stunden miteinander.

Am Abend sagte der Mann nur: »Frau, komm heraus!«, und da kam sie wieder heraus und guckte auch nicht so böse wie sonst, wenn sie den ganzen Tag in der Flasche verbracht hatte. Der Jüngling aber blieb in der Flasche, denn er war ja nicht herausgerufen worden.

So ging es nun Tag für Tag, der Mann blies des Morgens in die Flasche, und den ganzen Tag lang konnte die Frau dann mit dem jungen Mann darin alleine sein, ohne daß irgend jemand etwas gemerkt hätte, nicht einmal die Nachbarn. Und das war eigentlich das Beste, denn die haben ja bekanntlich nichts anderes zu tun.

So lebten sie Jahr für Jahr, und der Mann war glücklich

darüber, daß er seine Frau den ganzen Tag bei sich tragen konnte.

Ja, so geht es einem, wenn man versucht, seine Frau einzusperren!

Häßliche böse Hexen, schüchterne kleine Mädchen und schöne Prinzessinnen mit güldenen Haaren sind die Frauenfiguren, mit denen wir es in Märchen normalerweise zu tun haben. Böse Stiefmütter rivalisieren mit den verhaßten, schöneren Stieftöchtern (Worum sollten Frauen sonst konkurrieren als um Schönheit?), weinende Gretels klammern sich hilfesuchend an ihrem tapferen Bruder Hänsel fest, und brave Bauerstöchter stehen morgens mit den Hühnern auf und arbeiten mit glückstrahlenden Gesichtern bis in die späte Nacht hinein. Ihren Vätern gehorchen sie blindlings, sind zurückhaltend und bescheiden und warten geduldig, bis der Richtige, meistens ein Prinz, dahergeritten kommt und sie heiratet. Haben sie einmal verwunschene Brüder zu erlösen, müssen sie sieben Jahre lang Hemdchen stricken und dabei den Mund halten.

»In einem reichen Lande lebte einst ein König, der hatte eine wunderschöne, herzensgute Tochter, die er über alles liebte. Niemand im ganzen Lande konnte ihrem Liebreiz widerstehen, und selbst aus den fernsten Ländern kamen Freier zur schönen Prinzessin Gotlinde. Doch eines Tages wurde das arme Königskind schwer krank. Sie lag im Bette und rührte sich kaum und war so weiß im Gesicht wie das schneeige Kissen, auf dem sie ruhte. Der König schickte seine Boten nach den berühmtesten Ärzten im Lande und versprach demjenigen, der seine Tochter heilen könnte, eine ungeheure Belohnung.«
»Was denn? Was für'ne Belohnung?« unterbricht mein sechsjähriger Neffe das Vorlesen.
»Du, weiß ich nicht. Müssen wir weiterlesen«, sage ich und warte einen Moment, weil ich an seinem Gesicht sehe, daß er noch überlegt. Nachdenklich guckt er in die Luft, dann strahlt er zufrieden und hat die Lösung: »Der kriegt die nachher«, sagt er schließlich voller Überzeugung.

Gefunden!

L. RICHTER.   A. GABER.

Für eine gute Tat gibt es eine schöne Frau zur Belohnung, das ist im Märchen so und nicht nur da. Frauen sind ein Gegenstand, den man kriegt oder nicht kriegt. Frauen sind schön, fromm, demütig, tugendhaft und ein bißchen doof. Wenn sie trotzdem einmal denken, sind sie verschlagen und durchtrieben. Häßliche Frauen sind Hexen, zumindest aber sind sie abgrundtief böse. Und hat sich eine Frau dazu entschlossen, den Mann, den sie ehelichen will, selbst zu bestimmen, heißt es, sie sei »stolz« und »hochmütig«. Jedes Märchen dieser Art endet damit, daß ihr »Stolz« gebrochen wird und sie jemanden heiraten muß, den sie gar nicht wollte.

Abenteuer und ferne Länder sind für Prinzen und Handwerksburschen gemacht. Wird einmal in wirklich rebellischen Märchen die Obrigkeit aufs Kreuz gelegt, die herrschende Norm hinterfragt, so sind es Männer, die diese Geistesleistung vollbringen.

Daß die Frau im Märchen nicht allzu gut wegkommt, wissen wir längst. Die pädagogischen, psychologischen und soziologischen Sachbücher zum Thema »Frau im Märchen« häufen sich. »König Drosselbart« ist ein »Chauvi-Märchen«, das wissen wir, und wir wissen auch, daß Kinderliteratur ein wichtiger Grundstein für das geschlechtsspezifische Rollenverständnis ist. Aber wie wir unsere Erkenntnisse mit der Tatsache vereinbaren sollen, daß Kinder uns Märchenbücher auf den Schoß legen (»Lies das mal vor!«), wissen wir oft nicht. Geben wir umständliche Erklärungen darüber ab, was uns an der Moral eines Märchens nicht paßt, hören die Kinder gelangweilt weg: das Märchen ist spannender als unsere gutgemeinte Erklärung. Und sagen wir uns einfach, daß unsere Märchen nun mal in einer Zeit aufgeschrieben worden sind, in der die alte Rollenverteilung zwischen Mann und Frau unangezweifelter Alltag war, so ignorieren wir damit, daß wir heute, 1985, Kinderköpfe damit vollstopfen, die noch nicht historisch einordnen können, sondern auch aus Märchen Identifikationsfiguren beziehen.

Kulturhistorisches Bewußtsein auf der einen, emanzipatorische Pädagogik auf der anderen Seite: ein unlösbarer Widerspruch?

Kinder hören gerne Märchen. Ich lese Kindern gerne Märchen vor. Oft allerdings komme ich beim Vorlesen ins Stocken, überschlage ganze Sätze, ändere den Text während des Vorlesens. Fast regelmäßig sind Frauen zu blöd, sich selbst aus einer Patsche zu helfen; fast regelmäßig sind die einzigen Frauen, die

einen eigenen Kopf haben und nicht demütig den Willen anderer erfüllen, Hexen, und Hexen muß man verbrennen, ersäufen oder in mit Nägeln ausgeschlagenen Fässern den Berg hinunterrollen. Als »Hexen« zu Tode gefoltert wurden Frauen, die heilkundliche Fähigkeiten, Kenntnisse über Empfängnisverhütung und Abtreibung hatten oder sonstwie unbequem und rebellisch waren. Angesichts dieser Tatsache mag ich Kindern keine Märchen vorlesen, in denen Hexen »zu Recht« bei lebendigem Leibe verbrannt werden.

Und mich ärgern Märchen, in denen Frauen nur schön sind, singen und erlöst werden, während der männliche Held durch Tapferkeit und Klugheit der hilflosen Frau aus ihrem Schicksal hilft. Mich ärgert, daß Frauen in Märchen fast nie heiraten, sondern immer geheiratet werden. Mich ärgert, daß das Heiraten überhaupt das einzige Lebensziel der Frau im Märchen scheint. Und ist sie schon verheiratet, ist ihr Problem garantiert, daß sie noch kein Kind bekommen hat . . .

Wir analysieren und analysieren und stellen fest, wie sexistisch Märchen sind. Ob sie es wirklich von Anfang an waren, wissen wir nicht, denn bevor die Brüder Grimm unsere Volksmärchen aufgeschrieben haben, wurden sie erzählt: in Spinnstuben und Familien, von Ammen, Müttern und Großmüttern. Ob sich etwas und was sich geändert hat, als Männer diese Märchen sammelten und aufschrieben, können wir nur mutmaßen.

Ich lese trotzdem gerne Märchen vor. Deshalb bin ich auf die Suche gegangen nach Märchen, die ich mit ruhigem Gewissen vorlesen kann, nach Märchen, in denen einmal die Mädchen mit den Drachen kämpfen und die Männer geheiratet werden, nach Märchen, in denen es schöne Männer und tapfere Frauen gibt und eine Prinzessin, die sich einfach einen Mann aus Zucker macht und ihn dann vernascht.

Manche meiner Märchen habe ich sprachlich leicht verändert: es gibt keine Hexen und keine Jungfrauen in diesem Buch. Einzige Ausnahme ist »Die kleine Seejungfrau« von Hans Christian Andersen, die ich in das Kapitel »Vom Unglück der

Frauen in der Welt« aufgenommen habe, weil uns diese Jungfrau so schön vorführt, wohin sie mit all ihren weiblichen Tugenden kommt, was sie mit all ihrer Aufopferung und ihrem stillen Abwarten erreicht: nämlich, daß der Prinz, für den sie alles aufgegeben hat, eine andre heiratet.

Auch das unsägliche Wort »Fräulein« habe ich gestrichen, ebenso den Ausdruck »Mädchen« für erwachsene Menschen weiblichen Geschlechts. »Das kluge Gretel« der Brüder Grimm habe ich von seiner Geschlechtsneutralität befreit und als »Die kluge Gretel« in den Rang der Weiblichkeit befördert. In welchen Märchen gibt es ein »Herrlein«, und wird etwa ein Bursche oder Jüngling mit dem Geschlechtspronomen »es« belegt?

Ein anderes Problem waren die bösen Stiefmütter, ein Symbol für die Ideologie der angeborenen Mutterliebe, ein Symbol dafür, daß nur die leibliche Mutter ein Kind lieben kann. Sicher hatte dieser Topos zu seiner Zeit, als die Märchen aufgeschrieben wurden, einen realen Hintergrund. Viele Frauen starben bei der fünften oder sechsten Geburt, der Witwer mußte bald wieder heiraten, schon deshalb, weil er nicht kochen konnte und die älteste Tochter vielleicht noch nicht alt genug war, den Haushalt zu versorgen. Aus der neuen Ehe gingen wieder Kinder hervor, die es vielleicht tatsächlich bei ihrer Mutter besser hatten als die Stiefkinder.

In diesen Verhältnissen mag die »böse Stiefmutter« eine reale Kinderangst gewesen sein. Heute wären wohl eher Böse-Stiefväter-Märchen auf der Höhe der Zeit, denn alleinstehende Elternteile sind meist nicht verwitwet, sondern getrennt oder geschieden, wobei die Kinder meistens bei der Mutter bleiben und eher einen »Stiefvater« als eine »Stiefmutter« bekommen.

Einige Märchen habe ich umgeschrieben oder neu erzählt; einige habe ich selber geschrieben – zum Teil nach bekannten Motiven.

Viel Spaß, aber auch viel Arbeit hat die Auswahl der Illustrationen von Ludwig Richter gemacht, der zu meinen Lieblings-

illustratoren gehört. Ich hatte den Ehrgeiz, zu jedem Märchen Bilder zu finden, die in unmittelbarem Bezug zum Inhalt stehen, denn hierin sind Kinder bekanntlich gnadenlos und unbarmherzig.

Ein bißchen fehlen mir in diesem Buch die Riesen, und zwar die Riesen, die so aufs Kreuz gelegt werden wie der Riese im »Tapferen Schneiderlein«. Eine tapfere Schneiderin habe ich nicht gefunden.

Für mich erst recht ein Grund, auf der Suche zu bleiben nach Märchen, in denen einmal die Frauen mit Witz und Pfiffigkeit einen Riesen oder die Obrigkeit überlisten.

Kinder- aus Hausmärchen, gesammelt von den Gebrüdern Grimm:
Lieb' und Leid teilen; Katze und Maus in Gesellschaft; Fundevogel; Der arme Junge im Grab; Heinz und Trine (Der faule Hein); Der undankbare Sohn; Der gestohlene Hehler; Der alte Großvater und der Enkel; Der arme Müllerbursch und das Kätzchen; Schneeweißchen und Rosenrot; Der Froschkönig (Der Froschkönig un der eiserne Heinrich); Die sieben Schwaben; Die kluge Gretel (Das kluge Gretel); Fitchers Vogel.

Märchen von Hans Chr. Andersen:
Die kleine Seejungfrau; Was Vater tut, ist immer recht; Des Kaisers neue Kleider.

Märchen von Ludwig Bechstein:
Das klagende Lied; Der alte Zauberer und seine Kinder; Mann und Frau im Essigkrug; Das Natterkrönlein; Das Unentbehrliche; Die schöne junge Braut; Das blaue Flämmchen; Der weiße Wolf; Helene.

Französische Märchen:
Die Froschfee.

Deutsche Volksmärchen:
Die schwarze Prinzessin (Der Soldat und die schwarze Prinzessin); Die Räuberbraut; Die junge Gräfin und die Wasserfrau; Das singende Meerweib (Die singende Meerminne); Hans in der Schule.

Chinesische Volksmärchen:
»Das wissen die Götter«.

Balkanmärchen:
Das kluge Mädchen wird Zarin.

Italienische Märchen:
Die Königstochter von Frankreich.

Märchen, verfaßt von Svende Merian:
Peterchen und das goldene Füllhorn; Die vierzig Drachen; Der Mann aus Zucker: Die Zauberflasche.